A chave

e

além da chave

José Arrabal

A chave e além da chave

Paulinas

Dados Internacionais de Catalogação na Publicação (CIP)
(Câmara Brasileira do Livro, SP, Brasil)

Arrabal, José
  A chave e além da chave / José Arrabal. – São Paulo : Paulinas, 2014. – (Coleção ponto de encontro)

  ISBN 978-85-356-3678-9

  1. Crônicas brasileiras I. Título. II. Série.

13-12902   CDD-869.93

Índice para catálogo sistemático:
  1. Crônicas : Literatura brasileira   869.93

1ª edição – 2014

Direção geral: *Bernadete Boff*
Editora responsável: *Andréia Schweitzer*
Copidesque: *Mônica Elaine G. S. da Costa*
Coordenação de revisão: *Marina Mendonça*
Revisão: *Ruth Mitzuie Kluska*
Gerente de produção: *Felício Calegaro Neto*
Projeto Gráfico: *Manuel Rebelato Miramontes*

Nenhuma parte desta obra poderá ser reproduzida ou transmitida por qualquer forma e/ou quaisquer meios (eletrônico ou mecânico, incluindo fotocópia e gravação) ou arquivada em qualquer sistema ou banco de dados sem permissão escrita da Editora. Direitos reservados.

Paulinas
Rua Dona Inácia Uchoa, 62
04110-020 – São Paulo – SP (Brasil)
Tel.: (11) 2125-3500
http://www.paulinas.org.br
editora@paulinas.com.br
Telemarketing e SAC: 0800-7010081
© Pia Sociedade Filhas de São Paulo – São Paulo, 2014

Para
Luiz Fernando Gualda & Suely Gualda,
casal de educadores, sempre bons professores
de crianças, jovens, adultos.
Ambos queridos amigos desde longa data
e sempre muito mais do que amigos,
pessoas admiráveis, vidas abençoadas.

Sumário

Prefácio 9

A chave 13

Literatura e educação...17

Bom-dia, professor!..22

Armando Puxa-Avante 27

Um sítio para as crianças 33

O guri e a menina 38

Literatura e juventude..42

Onde estará Clarice Arruda?.............................48

O presente dos clássicos 52

Os pesadelos de Kafka..58

A mãe pródiga..66

O interior, os rios, o mar e o oceano...............72

Antônio Conselheiro 83

Receita para São João!..88

O mistério de Maria Odete 94

O oceano amazônico..100

"Espelho de Prata"..106

Foi assim 114

Prefácio

O mar e o bosque

Consta que do lado de lá dos espelhos há um mar de infinitas imagens sempre presentes para quem as procura e deseja ver desde o lado de cá, o lado da existência cotidiana.

Imagens que nos transmitem múltiplos sentimentos, o belo e o feio, o cômico e o trágico, as alegrias e as tristezas, o novo e o velho, encontros e desencontros, também esperanças e desesperos, enfim, a vida e a morte, talvez até mesmo bem mais do que isso, mar de imagens presentes nos espelhos.

Consta ainda que, mobilizados por essa presença de infinitas imagens do lado de lá dos espelhos, do lado de cá, os povos, ao longo da História, passaram a construir um outro lugar para tantas outras imagens infinitas tais quais os espelhos as têm, lugar a que deram o nome de Arte.

Assim aconteceu e também prossegue acontecendo. Não há por que desacreditar que assim foi e acontece.

Com suas Artes, puseram-se os povos a criar imagens próprias do que viviam, viam, ouviam, recordavam, onde e como se sentiam tentados para tanto: na madeira das árvores, nas paredes das cavernas, nos solos de seus terrenos, em tecidos e papel, com as mãos, a voz e o corpo inteiro, mais instrumentos de som, tintas, argila, mármore e palavras, expressando situações, mitos, lendas, crenças, sonhos.

Infinito bosque existente no cotidiano de todas as sociedades do planeta, compondo as mais vibrantes fisionomias das Histórias dessas sociedades e seus povos.

Bosque de imagens com sentimentos similares àqueles presentes no mar de imagens do outro lado dos espelhos.

Arte que se aprimora ao longo da História, dedicada a aprimorar a História humana, ao expressar sonhos e possibilidades de fazer dos sonhos das Artes uma realidade mais feliz para a existência de todos.

Imagens presentes na Pintura, na Escultura, na Música, na Dança, no Teatro (e onde mais que as associe), em especial na Literatura com suas histórias expondo as vivências de personagens entrelaçadas nas tramas de seus enredos.

Atividade criadora de quem, com a linguagem poética das palavras, recorda o que vive e sente, ouve, vê e narra de modo oral ou escrito vastíssima invenção do imaginário humano.

Não em vão, com sua múltipla sapiência, Leonardo da Vinci, também vasto inventor de fábulas, nos assegura que para inventar histórias no mais das vezes basta recordar.

Todos temos nossas recordações, lembranças de histórias pessoais e das circunstâncias em que aconteceram. Passagens da vida de cada um, influências do que vivemos à disposição de nossas recordações.

Não é demais afirmar que a vida é plena de contos, talvez até culmine por vezes no corpo vivo de um romance.

Quem tem a percepção disso, tem aprimorada compreensão de sua existência. E quem expressa suas recordações através da linguagem poética das palavras – conforme se faz presente no bosque de imagens das Artes dos povos –, ao narrar, elabora e constrói Literatura.

Literatura que nos expõe intensidades da vida e com tanto nos concede outra chave para toda uma justa aprendizagem emocionada e aprimorada a favor de arte ainda mais preciosa, a Arte de viver, generoso presente do bosque da Literatura com seu mar de histórias.

Nesse bosque de imagens da Literatura (com recordações do que vivi, ouvi, vi, aprendi) encontrei e de lá trouxe os contos, mais outros textos de minhas lembranças e opiniões, agora presentes neste *A chave e além da chave*, da Coleção Ponto de Encontro.

É livro para o prazer do leitor e meu desejo de que faça da leitura de suas narrativas algum lance de dados no aprimoramento feliz da existência em suas circunstâncias devidas.

José Arrabal

A chave

Veio bem de repente. Entrou na casa despercebido.

Atravessou a sala. Observou os móveis.

Deixou o guarda-sol no espaldar de uma cadeira em torno da mesa.

Seguiu adiante.

Foi na copa que o notaram.

Lá estavam a velha sogra do dono da casa, a empregada da casa e mais uma guria filha de vizinhos.

Os demais moradores viajavam.

Notado, parado no arco que demarcava os limites da sala com a copa, como que distraído ouviu a velha lhe dizer:

– O senhor deseja alguma coisa?

Por tempo rápido manteve seu silêncio, assim como quem pensa para responder o que é perguntado.

Enfim falou com voz pausada:

– Eu procuro por Philomena Laboria. Disseram-me que aqui poderia encontrá-la.

A empregada e a menina perceberam ligeiro rubor na face da velha senhora.

Esta, porém, não se deixou perder na fina tensão que sem dúvida tomara conta dela.

– Perdão, senhor, mas quem procura já não mais existe. O tempo, sempre fiel aos desencontros, encarregou-se de levá-la daqui – respondeu a velha.

O estranho polidamente agradeceu.

Em seguida retirou do bolso esquerdo de seu paletó uma pequenina caixa embrulhada em papel de presente.

– Por favor, era para ela que eu trazia isto comigo e, se é em vão a minha procura, fique com isto a senhora mesma – disse, passando a caixinha para a velha.

Nem sequer aguardou a resposta da velha que, cabisbaixa, procurava esconder o rosto perdidamente rubro.

Retirou-se da casa com os mesmos passos leves.

Na sala, colheu o guarda-sol.

Alcançou a porta da saída.

Tomou para seus pés a calçada, indo embora de repente conforme chegara.

A empregada, calada todo o tempo, confirmou seu espanto, tal qual espantada estava a guria filha de vizinhos:

– Quem é, Dona Philomena? Quem é esse senhor que procurava pela senhora e dele a senhora se guardou? – estranhando, quis saber.

A velha não respondeu.

Com cuidado, desembrulhou a caixinha que recebera.

Dentro, uma chave.

Apenas uma chave, que ela, sorrindo, vagarosa, entranhou na argola de seu chaveiro antes retirado do bolso do avental.

Mais, consigo, deixou a copa, dirigindo-se à porta da casa além da sala.

Com a chave recebida, trancou a porta.

E mais, só, para si, sussurrou pelo entrelábios:

– Já era tempo, meu Deus! Já era tempo!

Sentou-se na pequena poltrona em um canto da sala.

Ali ficou possivelmente recordando histórias que um dia também deixariam de existir com ela.

Literatura e educação

Desde o nascimento, qualquer ser humano o que mais faz para sobreviver é respirar e ler. De imediato, a cada segundo respira e assegura a vida. Também lê com os cinco sentidos.

Com o tato lê a aspereza ou a suavidade das coisas. Com o paladar, lê o gosto. Com o olfato, os odores. Com a audição, os sons. E com os olhos lê as mensagens das formas, os registros da história natural e social.

A sobrevivência humana coletiva depende de sua leitura do real e do conhecimento que se alcança com os sentidos. É preciso saber ler para fazer perguntas e encontrar respostas. Somos o que lemos e tudo é um livro para a nossa capacidade de leitura.

A somatória das leituras do livro da existência registrada na memória chama-se experiência de vida. Enfim, sapiência.

Desde aí, em auxílio à memória humana, foram inventados sinais – desenhos, hieróglifos, ideogramas, mais os dígitos tidos por letras e números – que concederam à humanidade o seu processo civilizatório.

A expressão mais própria desses registros em textos reside na arte da Literatura, onde se encontra aprimorado o uso dos sons e dos sentidos verbais.

A bem dizer trata-se de arte que, mesmo antes do registro em textos, já existia em seu modelo oral transmitindo a experiência humana a favor da preservação da vida.

O contador de histórias tribal e o poeta homérico foram os educadores de suas épocas. Comunicaram a sapiência de então através do mais precioso uso estético da língua e da linguagem.

Literatura e Educação sempre caminharam juntas no processo civilizatório.

É barbárie redutora – contemporânea, inclusive – entender que o convívio educador cotidiano com a Literatura se restringe ao aprimoramento de dado idioma falado e escrito, simplória compreensão de um ensino voltado à formação de mão de obra para o mercado de trabalho, modelo de educação que se opõe a um sentido pedagógico bem mais consequente, que é a busca da sabedoria a favor de um mundo fraterno, solidário e pacífico.

O que melhor se aprende com a Literatura é saber viver, aprimorar a arte da vida no interior da existência, conhecer a vida através da convivência emocionada com as histórias das personagens em seus enredos, trajetórias de um conhecimento que sensibiliza o leitor e no leitor se acentua como experiência prazerosa.

A Literatura, em proporção direta à sua qualidade artística, por suas tramas e pelo prazer do belo no texto, multiplica o sabor dos saberes, redimensiona o real, instaura horizontes variados, fermenta sentidos renovados e efetiva liberdades na aprendizagem que fornece ao leitor.

É sabido que tiranos odeiam obras literárias, perseguem escritores, censuram leituras. Por sua vez, mesmo sociedades ditas democráticas costumam emparedar o sentido da Literatura numa espécie de lugar menor para a vida; concedem à arte literária função restrita ao aprimoramento do uso do idioma, quando bem mais nos podem favorecer a prosa de ficção, a dramaturgia e a poesia.

Uma educação para a liberdade, para o conhecimento da arte de viver, enfim, para a felicidade social, deseja a presença da Literatura nos mais diversos percursos didáticos.

Obras da arte literária invariavelmente têm potencialidade para aprimorar os saberes no ensino das ditas *disciplinas exatas*, *biológicas* ou *humanas*, alargam suas possibilidades a favor de dias melhores para a humanidade.

Não em vão os mais sofisticados matemáticos, os mais criativos biólogos e os mais inovadores filósofos foram e são frequentes leitores de Literatura. Sempre encontramos, em suas obras específicas, valiosas referências às obras literárias, o que leva à certeza de que melhores educadores são os que encaminham seus alunos pelos roteiros da Literatura na aprendizagem dos mais variados conteúdos.

Romances, novelas, contos, crônicas, peças para o teatro e poesias sempre dialogam de modo emocionado e feliz com diversos ramos do conhecimento. Fazem o leitor aplicado amar bem mais o conhecimento e relacioná-lo com as contradições sociais, pois expressam as mais intensas preocupações humanistas. Enfim, conduzem os educandos à mais própria sapiência ética diante do saber.

São numerosos os exemplos de obras literárias que somam nessa direção.

A Grécia Clássica está intensa nos poemas de Homero e nas tragédias gregas. Melhor compreende as grandezas e os limites da revolução russa quem lê as poesias de Vladimir Maiakovski. Mais se associa à Matemática quem tem em mãos contos e romances de Malba Tahan. Mais se apaixona pela Ciência quem lê livros de Júlio Verne.

Não há melhor cartografia crítica para visualizar o Brasil do século XIX do que as histórias de Machado de Assis. Já a história do Brasil contemporâneo vibra nos romances de Graciliano, Jorge Amado, Érico Veríssimo, Guimarães Rosa, Antônio Callado, e no *Cidade de Deus*, de Paulo Lins.

Estes são apenas alguns exemplos entre outros.

Que os educadores de nossos dias lancem mão da Literatura a favor de uma educação para a felicidade do mundo de seus alunos, aprendizagem do que fomos, somos e realmente precisamos ser para bem viver em sociedade.

Bom-dia, professor!

Dentre todas as profissões, entendo que três são as fundamentais. Fundamental é ser médico, por tratar da saúde da vida. Fundamental é ser orientador religioso, ao cuidar do encontro com Deus. Fundamental é ser professor, por ensinar a viver.

As demais profissões, com suas evidentes importâncias, são devedoras dessas três que considero fundamentais.

Ainda que homem de ofícios variados, em minha trajetória profissional sinto-me sempre professor. Leciono desde os dezessete anos de idade, quando pela primeira vez entrei em sala de aula para alfabetizar adultos carentes num curso gratuito de

Supletivo. Creio, entretanto, que também ensino ao exercer minhas atividades de jornalista. E há em mim claro propósito de educar, ensinar a viver, nas ocasiões em que sou escritor às voltas com prosa de ficção ou poesia.

Vastas, intensas e agradecidas são as recordações afetivas que trago de meus mestres. Sem jamais esquecer, lembro com evidência a ocasião em que mamãe levou-me ao encontro daquela que iria alfabetizar-me, bem no limiar dos anos cinquenta do século passado.

Em silêncio ouvi a conversa das duas, de minha mãe e da mestra. Desta, logo me agradaram o sorriso, mais seu nome rápido e amplo – Zoé –, que depois soube por meu pai ser, em grego, *Vida*.

(Estranho acaso das significações: em meus seis primeiros meses de existência, tive por *mãe de leite* uma senhora libanesa de vastos seios chamada Málake, que, em árabe, quer dizer *Liberdade*. Aos seis anos, vi-me entregue à *Vida*, em sua sala de aula no Grupo Escolar Monteiro da Silva, na cidade capixaba onde nasci, Mimoso do Sul. *Vida* & *Liberdade* que em mim se associam de modo essencial.)

A professora, ao ensinar, não nos trouxe o bê-á-bá. Com firme intuição de moderna educadora, em sala de aula lia histórias para nós. Lia com vivo sorriso, voz clara, gostosa encenação. Era um bocado divertido ouvir suas histórias.

Se nos percebia mais atraídos por alguma palavra do enredo da história lida, desenhava no quadro-negro e em muitos modos de escrever – com letra de forma, manuscrita, maiúscula e minúscula – essa palavra, nos despertando a atenção para seus *desenhos* caligrafados na lousa.

Daí passávamos a repetir com a professora a tal palavra, a princípio em voz baixa, num sussurro que progressivamente se elevava e nos levava à voz alta, quando, sob regência da mestra, retornávamos ao sussurro de início. Então fazíamos do verbo registrado verso musicado com melodia parodiada de alguma canção bem conhecida de todos nós. Assim brincávamos com as palavras em sala de aula.

Lembro bem quando de uma das histórias ressaltou-se a palavra *caracol*, que foi para a lousa toda encaracolada.

Claro que nos encaracolamos na sala, numa andança coletiva a princípio vagarosa até corrermos repetindo de múltiplos modos *caracol-caracol-caracol*.

Passados três meses de aulas assim, eis que num sábado, um pouco antes da hora do almoço, de olho em páginas de jornal que cobriam o piso recentemente encerado da sala de minha casa de infância, intrigado, interroguei a meu pai:

– O que é *epóca*? – pronunciei assim, com a tônica na segunda sílaba.

– *Epóca*? – estranhou papai.

– Sim, *Epóca*... Aqui! – apontei a palavra registrada no jornal.

– Época! Época! – corrigiu papai e, feliz, levantou-me do chão, seguro por suas mãos para o melhor abraço de minha vida. – Ele já sabe ler! Já sabe ler! – e logo levou a notícia à mamãe, com tamanho entusiasmo que a bem da verdade livrou-me da vergonha de ter lido errado, certo de que não era mau reconhecer e corrigir um erro.

Ao almoçar, honraram-me com o melhor pedaço de frango e bem maior fatia de pudim na sobremesa.

Na segunda-feira, papai e mamãe deram-me de presente uma caixa com um tabuleiro e muitas peças de madeira, meu jogo de palavras cruzadas que tenho comigo até hoje junto de outras lembranças de infância, relíquias preciosas de minha história pessoal, evidentes testemunhas de que viver é bom e aprender também, com liberdade e prazer.

Palavras cruzadas que levei para a escola já no dia seguinte e com elas vivenciamos feliz farra, através de brincadeiras sugeridas por Dona Zoé, o que mais nos encaminhou à arte de escrever.

Entendo que assim cresceu em mim o gosto por ler e escrever, no seio do prazer de recordar histórias da vida vivida. Bons sabores que sempre me encaminham, agradecido, a homenagear os mestres que tive no decorrer de minha formação cultural; grato igualmente a todos os que me ensinaram algum lance de dados para o aprimoramento da vida.

Verdade é que, se aprendemos a viver com nossos cinco sentidos, sempre há o que aprender com alguém mais, além dos professores nas salas de aula. Para tanto basta termos nossos sentidos receptivos, livres de preconceitos excludentes.

Outubro é o mês do mestre. Mês do dia do professor. Mês de todos, se vivemos associados por valores fraternos e solidários, pois decerto bem melhor será a vida ao nos cumprimentarmos sempre, uns aos outros deste modo, desde a manhã:

– Bom-dia, professor!

Armando Puxa-Avante

Tinha nome imponente e sugestivo, Armando Nascimento, mas em nosso vilarejo, Santo Antônio das Paineiras, no dizer de todos era Armando Puxa-Avante, o professor.

Puxa-Avante por ser desde há muitos anos o guia da Folia de Reis na cidade, folia que conduzia com seu costumeiro grito *"Avante! Avante!"* no decorrer da travessia dos foliões a cada seis de janeiro.

Grito igualmente repetido aos alunos nos desfiles de sete de setembro, pois nunca julgou mal o apelido que até mesmo alimentava onde estivesse.

– Vamos avante! Puxa avante! – melhorava o ânimo da classe na tensão de uma prova, trazendo riso, maior satisfação ao ambiente.

Armando Puxa-Avante, querido mestre, professor de Matemática no Ginásio Estadual Avelino Rodriguez, em Paineiras.

— Leciono graças a um arranjo de Deus que bem sabe o que faz! – justificava a vocação por ter nascido num certo quinze de outubro, Dia do Mestre.

Para as aulas trajava terno claro, gravata borboleta, camisa limpa engomada, sapatos encerados. Sobre a mesa de trabalho colocava o chapéu de feltro grosso que tirava ao entrar na sala. Ao sair, tornava a pôr o chapéu na cabeça protegendo sua vasta cabeleira grisalha.

Homem de estatura média, tinha traços de ágil gnomo, mais gestos elétricos de maestro de orquestra e palavras certeiras de exímio arqueiro.

— Fui professor de seu pai. Ele não gostava de Matemática... mas depois gostou... – confessou-me em simpático sussurro, justo no primeiro dia de aula.

Nada respondi, surpreso por ter adivinhado que eu também desgostava de sua matéria de ensino. Surpresa que me acompanhou todo o curso devido à sua profecia de minha afeição crescente pela Matemática.

Quatro anos estivemos juntos, ano a ano, num curso diferente do que podia prever.

No primeiro ano – hoje chamado de sexta série – não tratamos de somas, nem de frações, não vimos qualquer equação, não decoramos fórmulas, muito menos resolvemos problemas de aritmética.

Estudamos a aventura da Matemática, sua múltipla valia histórica para a Antiguidade, para a Idade Média e nos tempos modernos.

Tomamos conhecimento das biografias dos grandes matemáticos, a paixão de Pitágoras pelo Um, Arquimedes gritando "Eureka", a tardia descoberta do Zero, a razão de ser dos caracteres numéricos de cada cultura da humanidade. Lemos pequenos contos em que a Lógica torna-se essencial à solução dos enredos.

– Avante! Avante! – nos seduzia o mestre.

Atravessamos o segundo ano apaixonados pela leitura de *O homem que calculava*, histórias do escritor brasileiro Malba Tahan. Até inventamos novas situações semelhantes às desse livro inesquecível.

Cumprimos outras leituras de textos com conteúdos equivalentes, vivenciando enigmas matemáticos.

Entusiasmados, visitamos Sherlock Holmes. Também nos encantamos com o conto *O escaravelho dourado*, de Edgar Allan Poe. Expressões do imaginário em que o raciocínio é precioso para solucionar as tramas em suspense. Percursos que nos aproximaram com satisfação de diversos conceitos da Matemática.

Nunca me esqueço de certa prova no meio do segundo semestre desse ano, prova com dez questões que levamos para resolver em casa.

O professor nos passou tão somente as respostas das questões. Cabia a nós inventarmos os enunciados dos problemas para essas respostas. O valor da nota era proporcional à complexidade de cada enunciado inventado por nós. Não foi fácil, mas foi muito divertido.

No ano seguinte lidamos com poemas e canções, centrados nas métricas e nos encadeamentos das rimas, que transformamos em dados estatísticos, enquanto constatávamos surpresos que Música e Matemática têm almas irmãs.

Substituímos números por letras, de onde chegamos à Álgebra. Entrelaçamos formas e números, com o que alcançamos a Geometria. Com alguma facilidade dominamos noções de logaritmos, das constantes, da transformação de coordenadas, das derivadas de funções, das integrais básicas, da teoria dos conjuntos.

Rimos dos números irracionais.

E brincamos felizes com todo esse universo do conhecimento humano.

– Avante! Avante! – nos conduzia a batuta do maestro Puxa-Avante.

No último ano de nosso curso Ginasial no Avelino Rodriguez, num decisivo lance de dados, o mestre nos apresentou à mais permanente relação da vida cotidiana com a Matemática.

Dividiu a turma em pequenos grupos agora responsabilizados pela criação e condução administrativa de supostas fazendas agrícolas, fábricas, casas de comércio, provedoras de serviços, supostos bancos e bolsas de valores, até mesmo supostos organismos do setor público, todos associados às suas implicações com a economia familiar.

Assim nos encaminhou à consolidação da necessidade permanente da Matemática na existência humana, com o que construímos supostos mundos, visualizamos suas contradições.

Foi feliz a nossa formatura no Ginasial. Seu sabor de vitória tinha o tempero da saudade impulsionando o porvir.

Oito anos mais tarde, ao me tornar Engenheiro, passei cópia precisa do diploma ao Professor Armando Nascimento, certo de que meu curso universitário era fruto da semente plantada em mim por ele, mestre eterno em minha grata memória.

– Avante! Avante!

Um sítio para as crianças

Em minhas recordações de infância, outubro é sempre um mês feliz. Para minha avó espanhola, mês de esperanças, pois foi num outubro que ela e vovô pisaram pela primeira vez no Brasil, emigrados de Espanha com mil sonhos em seus corações.

Esperanças presentes desde esse outubro remoto, mais tarde multiplicadas pelas vivas flores da amendoeira espanhola no quintal de nossa casa na cidade em que nasci, Mimoso do Sul, estado do Espírito Santo.

No finzinho de setembro nossa amendoeira principiava a brotação de suas flores vermelhas para abri-las plenamente nos primeiros dias de outubro, belíssima com a copa toda florida.

Flores que nos traziam outras esperanças que catávamos para brincar, os bem conhecidos grilos verdes, amarrados por mim e meu irmão, Gileno, em finos fios de linha, que, seguros por nós, deixávamos voar com nossas correrias acompanhando seus voos de pipas vivas. (Outubro era também o mês das tanajuras, formigonas aladas que, agitados, catávamos para fazer iscas de pegar peixes com anzol, nesse tempo de minhas saudades.)

Daí, vinha o aniversário de meu irmão. Festeiro, ele sempre exigia bolo e doces, cantação de parabéns. (Até hoje é festeiro esse meu irmão, bem mais festeiro do que eu. Ele sempre comemora seu aniversário sem deixar passar em vão a data, dia quatro de outubro.)

Tinha vez que sua festa de aniversário principiava no dia anterior, por ser dia de eleições, dia animado em nossa cidade. Sim, porque naquele tempo a eleição era sempre no dia três de outubro, data histórica da revolução de trinta e também da recente criação da Petrobrás no início dos anos cinquenta do século passado.

(Papai, homem culto de vocação nacionalista, orgulhava-se da data. Mantinha consigo, sem jamais vender, as ações que comprara da companhia petrolífera brasileira, cúmplice da empresa, *uma conquista de nosso povo*, fazia questão de acentuar para nós.)

Mas o outubro de minha infância ainda me traz outras boas lembranças.

A festa dos professores, no dia quinze, dia do mestre, com inesquecíveis comemorações no Grupo Escolar da cidade, ocasião especial para mim. Falante e expansivo, garoto exibido, então me apresentava no teatrinho da escola, declamava poemas de papai em homenagem aos professores.

Para nós, em outubro, o melhor era o dia das crianças. Dia de festa múltipla, pois que esse abençoado dia doze é igualmente dedicado a Nossa Senhora de Aparecida, sendo também a data da descoberta da América por Cristóvão Colombo.

Nesse dia nunca nos faltaram os presentes de meus pais, tios e avós, mais nossa avó espanhola toda prosa repetindo a mesma história de sempre, nos proclamando que sua Espanha fora quem inventara o continente americano. (Solidária e gentil com nossa outra avó, a italiana, ela não se esquecia de lembrar que Colombo, com seus barcos espanhóis, era natural de Gênova.)

Mais tarde à noite tínhamos o terço rezado por nossa família reunida em agradecimentos *a Virgen Santísima del Brasil, Señora Aparecida*. E disto chegávamos à hora da ceia com comidas típicas de Espanha e Itália, vinhos dos dois países, mais canções das duas nações de origem de nossa gente em nossa casa brasileira.

Assim era nosso outubro naquele tempo, um mês sempre alegre em minhas recordações.

Impossível esquecer a vez em que, uma semana antes do Dia das Crianças, mamãe me confidenciou que papai ia me dar um sítio de presente.

Um sítio? Mas que sítio? Tínhamos uma fazenda de café e gado, em sociedade de papai com um de nossos tios. Agora, um sítio, só para mim? Onde? Quando? Era muito, pois tinha pouco mais que oito anos de idade. Um sítio de café? De gado? Talvez fosse apenas uma chácara, um pomar, pois todos sabiam de meu gosto por plantar fruteiras... mas um sítio!? – intrigava-me à espera do doze de outubro.

Eis que enfim chegou o dia e trouxe com ele o sítio... sítio belíssimo, pleno de surpresas, terra de aventuras que me encantaram o ano inteiro e me encantam até hoje.

Veio numa caixa de madeira feito um baú de piratas, verdadeiro tesouro distribuído em 17 volumes: livros belamente encadernados, a obra inteira de Monteiro Lobato para crianças, desde *As reinações de Narizinho* até *Os doze trabalhos de Hércules*, todo o *Sítio do Pica-Pau Amarelo*, com histórias que li e reli, releio até hoje, coleção que mantenho em minha biblioteca paulista.

Meu irmão, o festeiro, não escondeu sua ciumeira. Teimou que o presente era também para ele. Enfim consenti e ficamos sócios na leitura do sítio.

Sítio que muito contribuiu para colher em mim o escritor que sou e fazer de outubro esse mês feliz de minhas memórias... igualmente feliz para meu irmão, com seus aniversários festejados, sua competente medicina humanitária, mais suas plantações de café, soja, arroz e criação de gado, no belo sítio que Gileno tem e cuida bem em Mimoso do Sul, cidade em que vivemos nossa infância, com graças a Deus pela vida que tivemos junto de nossos pais, tios, outros irmãos, mais nossos avós espanhóis e italianos plenamente brasileiros em nossa sociedade de todos os povos.

O guri e a menina

Verdade é que aquele guri me despertou a mais precisa atenção desde o primeiro instante, ao sentar-se diante de mim no chão do auditório em posição de lótus, com os seus olhos fixos e as suas mãos fechadas sustentando o queixo.

Era um garoto de dez anos. Sua presença, contudo, enfrentava o meu olhar e as minhas palavras com a mais vigorosa firmeza.

Daí por todo o tempo manteve-se calado e atento a tudo o que disse por ocasião de minha palestra para leitores na Biblioteca Ricardo Ramos, em Vila Prudente, bairro da Zona Leste de São Paulo.

Se assim escutou as minhas opiniões, procurei a meu modo ouvir o seu silêncio que parecia me desafiar feito uma esfinge expressando seu enigma.

Não fez perguntas durante a palestra.

No término, porém, solicitou-me uma *conversa particular*.

Ao nos afastarmos dos demais para essa *conversa*, sem vacilar ele foi ao que queria: saber de mim se era possível escrever um livro *com raiva* e se eu já havia escrito um livro *com raiva*.

Surpreso com a pergunta do guri, confirmei que os escritores escrevem os seus livros com as mais diversas emoções, o que exemplifiquei com sentimentos vividos ao criar algumas de minhas histórias.

– Mas, com raiva, pode!? A gente pode escrever um livro com raiva!? – insistiu, com a seriedade de seu olhar que me exigia uma decisão.

Não tive como negar:

– Até pode, claro! – garanti com ambíguo sorriso devido à estranheza de nosso diálogo.

Sua resposta intrigou-me ainda mais:

– Então, se pode, vou escrever um livro. Um livro com raiva. Muito obrigado. Foi bom ter vindo aqui

– despediu-se de mim apertando minha mão com a segura força de sua recente certeza.

Não nego. O leitor sempre nos surpreende. Muitas vezes até mais do que surpreendemos o leitor com nossas histórias.

Verdade é que ela desde o primeiro instante não me passou despercebida, ainda que estivesse um tanto escondida entre as suas colegas, sentada em uma cadeira na última fila do auditório, por ocasião de minha palestra para leitores na biblioteca do CEU Meninos, em São João Clímaco, outro bairro da Zona Leste paulistana.

Menina negra, adolescente bonita, vestida em trajes de elegância simples, com dezesseis anos de idade, chamou-me a atenção, sobretudo, por sua evidente gravidez já avançada.

Escutou-me atenta por todo o tempo.

Quando terminei a palestra, ela pôs-se de pé e pediu a palavra.

Disse que gostava de escrever. Que escrevia um diário com rigorosa disciplina há mais de dois anos. Que às vezes escrevia poemas, crônicas e outras histórias acontecidas na comunidade em que vivia... mas não sabia como tornar-se uma escritora, muito por imaginar que talvez não tivesse nada de importante para dizer aos leitores.

De minha parte entendi que essa menina tinha tudo a dizer aos leitores. Para tanto bastava fazer o que já fazia ao escrever a sua própria vida e a de seu povo pobre da comunidade em São João Clímaco.

Foi o que lhe confirmei em conversa particular, quando nos despedimos, seguro de meu desejo por ler os seus escritos.

Jamais hei de negar. O leitor sempre nos surpreende. Porque é no leitor que principia e prossegue o escritor. Não há como não ser assim.

Literatura e juventude

Certa ocasião, a convite da União Nacional de Estudantes, tive a feliz oportunidade de ler algumas centenas de contos e poemas escritos por universitários brasileiros, por sinal trabalhos de considerável potencialidade artística.

Em meio à leitura desses textos de novos autores, não pude fugir à inquietante pergunta:

– O que leva tanta gente jovem de nosso país a escrever prosa narrativa ou poesia?

Intrigado, percorri com a lembrança os motivos que levam certos escritores mais experimentados à literatura.

Alguns consideram que escreveram por desejo de amar e ser amado, mesmo vivendo amor de mascarados. (O leitor é um amante que raramente chega de cara limpa ao autor, e este por costume se esconde nas fantasias expressas pelos textos; contudo, é sabido que leitores e escritores se amam.)

Outros escritores garantem que criaram poemas ou tramaram histórias por conta de se sentirem *desfelizes*. Procuraram encontrar precisa felicidade no âmbito dos processos e resultados da imaginação criadora da literatura.

Há ainda os que cuidam de escrever por desconhecerem o que fazer de melhor na vida. E temos também os que são poetas ou narradores por gosto do desejo de um mundo melhor.

Tais motivos sempre me alcançam quando escrevo livros de histórias e poesias para editar ou se elaboro meus exaustivos diários para bem saber o que devo fazer da vida.

Hoje, senhor de textos íntimos, de poemas ou de narrativas, percebo que tudo o que aprendi com esses variados motivos de meus mestres, reúno, em síntese, num só desejo, o que faz de mim um escritor: afinal de contas, querer ser amado e querer amar, querer ser feliz e fazer o que bem

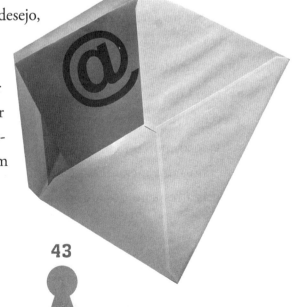

sabemos fazer é sempre desejar um mundo melhor, solidário, pacífico, fraterno.

No decorrer do encontro com os textos dos estudantes que participavam do concurso literário da UNE, a pergunta inicial que fiz trouxe-me outra questão:

– Será que esses jovens de hoje igualmente escrevem movidos por desejos de um mundo melhor, um mundo em paz, um mundo sem fome, sem excluídos, com mais amor, fraternidade e solidariedade, mundo de gente mais feliz, mundo com bom gosto pela bênção da vida? Será que é isso que os leva a escrever?

Se não tenho resposta imediata a essa interrogação, vale reconhecer que a expressiva quantidade de textos literários que li na oportunidade me indicou um animado gosto da juventude por escrever literatura. E se há quantitativo empenho em escrever, decerto sou levado a concluir que assim deve acontecer com o prazer de ler.

Será que os jovens brasileiros estão lendo mais? Ou escrevendo mais? As estatísticas são controversas quanto a isso.

Ouso, porém, considerar aqui uma hipótese que foge um tanto dos meandros percorridos pelas conclusões estatísticas a respeito dos atos de ler e escrever.

Com ousadia afirmo que nossa juventude tem lido mais e não menos tem manifestado maior vontade de escrever, expressar-se publicamente pelo código verbal com suas viáveis possibilidades referenciais e/ou poéticas.

Considero que muito contribui para essa situação o uso crescente da internet. Fato que rema – e, não menos, rima – contra a maré pessimista daqueles que viam – e alguns ainda veem – na internet uma adversária da língua e da linguagem verbal.

Nada é mais verbal do que a internet em seus e-mails, bancos de dados, em suas ferramentas de pesquisa ou de conversação simultânea, em suas salas de bate-papo, nos sites e, sobretudo, na existência dos blogs. Mesmo quando acionadas as telas do YouTube ou de alguma Cam em ágil funcionamento, quem as legitima é o texto. Certamente estar na internet é estar lendo e escrevendo.

Claro que se trata de uma leitura diferenciada da tradicional, contudo, não menos leitura. Com evidência, também a internet, tantas vezes de modo criativo, nos liberta dos mais antigos limites instituídos para o ato de escrever (e, por conseguinte, de escrever literatura).

Assim a internet torna a todos mais íntimos da palavra escrita, democratiza e multiplica a existência de leitores e escritores. Justa vantagem que se soma a uma oportunidade mais expressiva de consequências futuras ainda inimagináveis, ao quebrar fronteiras para a comunicação através da palavra e do texto.

(Com a internet o dito poeta municipal – se tem um blog bem-sucedido – pode com relativa facilidade tornar-se internacional, livre do circuito de livros impressos e, quem sabe, assim chegar a esse circuito antes tão distante em seus sonhos de escritor.)

Íntima da juventude, a internet, a seu modo promovendo maior intimidade com o signo verbal, acentua o hábito da leitura e deixa o jovem mais disposto a escrever.

É o que tem acontecido. Fato que me confirma certa conversa recente que tive com um jovem de 17 anos em conhecida livraria paulista.

Contou-me que pretendia ser escritor por sentir que na literatura encontrava o melhor lugar para expressar quem era.

Perguntei se já escrevia.

Respondeu-me que escrevia cartas sem destinatários definidos e as encaminhava através de seu blog em três idiomas – português, espanhol e inglês.

O que, sem dúvida, é ser escritor, provável excelente leitor. Não menos a favor de um mundo melhor, com paz e vida plena.

Onde estará Clarice Arruda?

Saiu de casa às três da tarde após deixar escrito em um bloco de anotações, ao lado do telefone, um recado para o marido avisando que fora ao médico.

Tomou o ônibus um pouco abaixo na mesma rua em que morava. Consigo levava apenas a mesma bolsa de sempre.

(Sentou-se no coletivo, calada.)

Na bolsa, o dinheiro, um lenço, as chaves, pente, batom, um pequeno espelho, talão de cheques, cartão de crédito e o documento de identidade.

Desceu no ponto previsto. Atravessou a rua adentrando um tanto mais adiante na Clínica Notre Dame.

Deu seu nome à recepcionista:

– Eu sou Clarice Arruda. Tenho consulta marcada para as quatro horas.

Acerto feito, logo em seguida se viu no consultório.

– Boa-tarde, Doutor Felisberto.

– Boa-tarde, Dona Clarice!

Deixou o médico às cinco. Levava na bolsa a receita aviando calmantes.

Com cheque pagou a consulta à recepcionista e saiu da clínica.

Adiante, dobrou a esquina rumo à avenida de baixo.

Pôs-se no ponto do ônibus à espera da condução para casa.

Calada.

Além... leve calor no rosto.

Com a demora do ônibus, navegou suas lembranças rumo à pequena cidade do interior onde nascera. A infância. Os tempos de mocinha. O primeiro namorado. A cidade abandonada, trocada pelo curso universitário na capital. A formatura. O emprego. O noivo. O abandono do emprego e o casamento. Nenhum filho. Mais trinta anos de só a mesma coisa.

Apalpou o colo e sentiu sem sabor o seu contorno.

(– A menopausa, Dona Clarice, deve ser encarada pela mulher como uma situação natural de seu organismo. Anime-se!)

(– Entendo, Doutor Felisberto. Eu sei. Eu sei. Muito obrigada – sussurrou temerosa.)

Olhou defronte e viu uma construção. Prédio alto, subindo já além do nono andar.

Assustou-se.

Na calçada diante, percebeu a mocinha que voltava da escola pendurada no namorado.

Ficou olhando.

De repente viu também um rapaz, um moço da construção, fumando, parado, encostado em um tapume do canteiro de obras.

Olhou. Olhou. Por bom tempo. Esquecida de seu ônibus.

Da bolsa retirou espelho e batom, ajeitando-se.

Após, guardou o batom e o espelho.

Da bolsa tirou então o talão de cheques, o cartão de crédito, as chaves, o documento de identidade, mais a receita de calmantes.

Discreta, jogou tudo bueiro abaixo perto do ponto de ônibus. E, direta, mirou de novo o rapaz da construção que disposto lhe sorriu.

Pôs-se Clarice a atravessar a rua rumo a um resto de vida que talvez valesse ser vivida. Passo a passo, caminhou, altiva dama segura de si...

... E iria mais, bem mais, até o outro lado, até a calçada defronte, até o sorridente moço do canteiro de obras à espera dela; iria sim, não fosse aquele carro, um Cadillac norte-americano, ter aparecido de repente, por fim interrompendo veloz os seus passos.

Tarde da noite, em casa, o marido, após telefonemas ansiosos, mantinha-se intrigado:

– Onde estará Clarice Arruda a esta hora? – perguntava em vão.

O presente dos clássicos

Sempre fui e sei que serei ao longo da vida um insistente leitor de livros clássicos, obras fundamentais dos maiores escritores de diversos países, admirável síntese cultural dos povos da humanidade.

Alguns desses livros li mais de uma vez. Há os que não li e estão em meu desejo de ler. Outros pretendo reler.

Com certo lamento sei que a vida não me permitirá ler ou reler todos os grandes clássicos da literatura mundial. (Verdade é que o tempo nos concede dádivas, jamais todas as dádivas que gostaríamos de receber.)

Obras clássicas são aquelas que sempre têm mais o que dizer a cada vez que são lidas. Livros que, na travessia dos séculos, a todo instante se revelam novos e surpreendentes.

Na convivência com esses livros aprimoro o meu conhecimento da história humana e certamente aprendo a escrever melhor.

Tantas vezes com renovado prazer encontro essas grandes histórias em filmes, óperas, balés, até mesmo em pinturas ou esculturas, em versões para o teatro ou as reencontro em outros tantos livros para crianças, jovens e adultos, no feito de obras herdeiras, inspiradas na literatura clássica.

Devo a meu pai essa afeição que cultivo pelos clássicos, muito por seu hábito de me contar histórias e me presentear com bons livros.

Reconheço com certeza que foi no decorrer de minha infância e adolescência que me acostumei a esse meu gosto de leitor dos clássicos, ao ler os antigos poemas épicos, certas novelas e romances adaptados pelos melhores escritores brasileiros de época em linguagem contemporânea.

Não havia livraria em minha pequena cidade natal, Mimoso do Sul, no estado do Espírito Santo. Todas as vezes que meu pai ia ao Rio de Janeiro, então capital da

República, ao retornar da viagem trazia tais livros de presente para mim, que os recebia com leitura imediata. Às vezes ele os lia comigo e muito conversávamos a respeito das tramas e das personagens de cada obra.

Ele gostava de ser Ulisses, eu gostava de ser Aquiles. Ensinou-me a ser Ulisses, em vez de me perder sendo Aquiles.

Animou-me a amar minha mãe com mais tranquilidade, despido da trágica aflição de Édipo.

Com o magnífico exemplo de Robinson Crusoé cultivou em mim o desmedo da solidão e a ter coragem diante da adversidade.

Vi nascer Império Romano em companhia do heroico Enéas, numa boa adaptação em prosa da *Eneida*, de Virgílio.

Compreendi melhor a Idade Média com histórias do rei Arthur, com Orlando, o Furioso, com El Cid Campeador e, sobretudo, com uma inteligente versão em prosa da *Divina comédia*, de Dante Alighieri.

Com Monteiro Lobato conheci Hércules e Dom Quixote. Foi lendo Voltaire, Alexandre Dumas e Victor Hugo para jovens que assisti ao nascimento da Idade Moderna.

A contemporaneidade igualmente me chegou através de outras obras literárias do mesmo feitio editorial.

Também me apaixonei pelas culturas dos povos de África, do distante Oriente e do Oriente Médio, mergulhado em mar das lendas africanas, nas histórias dos deuses da Índia, dos samurais do Japão e da vastidão da China, não menos apaixonado por adaptações das narrativas do *Livro das mil e uma noites*, onde há de tudo, todas as aventuras, os mais diversos sentimentos, as mais intensas vivências.

Com estas minhas leituras desde criança creio que mais aprendi a ser quem sou, igualmente ciente de que sempre carecemos de aprender algo mais. Isto me ensinaram os gregos com seus deuses, suas mitologias em busca sem fim pela perfeição.

Que fazer? Tranquilamente acertar e não menos tranquilamente errar para consertar, certo de que para tanto é de essencial valia a literatura, seja oral ou escrita, seja em prosa ou em verso; histórias e sentimentos comunicados de todos os povos, no mais das vezes presentes nas obras clássicas da humanidade onde há de tudo e há muito mais.

Aos que se opõem à leitura de textos clássicos adaptados para crianças e jovens, costumo lembrar que toda literatura sempre nasce e renasce da literatura existente, de sua tradição. Que histórias estão aí para serem contadas e recontadas em múltiplos formatos. Que deveras o importante é contar e recontar histórias com qualidade literária, preciso uso poético da língua e da linguagem, o que muitos já fizeram, de Shakespeare a Lobato, antes e depois dos dois, conforme tantos ainda o farão.

Que assim seja. Por que não?

Devido a essa vivência com esses livros trazidos a mim por meu pai é que, posteriormente, na universidade, cheguei com muito mais gosto à leitura integral das obras clássicas antes conhecidas em minha infância e adolescência. Obras que sempre leio, releio e revisito.

Tornei-me escritor e, além de ler, igualmente me é uma grande felicidade quando escrevo em formato de adaptação tais obras fundamentais, endereçando-as às crianças e aos jovens de hoje. Trabalho literário que desempenho com satisfação. Atividade que me aperfeiçoa o estilo, instiga meu imaginário.

Sempre aprendo ao ler os grandes clássicos da literatura e mais os apreendo transcrevendo de outros modos, com variados formatos, as obras consagradas dos diversos países com suas diversificadas vivências expressas através de suas abençoadas literaturas.

Os clássicos da grande literatura planetária muito nos fazem entender quem fomos, aonde chegamos e aonde vamos; melhor ainda, entender aonde é possível ir com fraterna e solidária paz na existência social.

Razão precisa para aprender a ler os clássicos, a gostar de ler tais obras; ler e reler, mais recontar, colhendo e semeando para o porvir tão sábios grãos da intensa vivência de toda a história humana.

Creio que sim.

Os pesadelos de Kafka

O legado do século XX ao futuro é uma espécie de circo de horrores que não nos prenuncia a curto prazo grandes esperanças de melhoria. Os esfomeados da Terra, as vítimas dos campos de guerra, dos holocaustos e dos totalitarismos de todas as colorações políticas, as bombas atômicas dos Estados Unidos destruindo Hiroshima e Nagasaki no Japão, a corrida armamentista nuclear e a consolidação do poder onipresente das mais diversas drogas no mundo, desde o dólar à heroína nas avenidas, praças e ruelas de todos os centros urbanos planetários, eis algumas das expressões mais evidentes da tragédia civilizatória contemporânea.

Já no âmbito das Artes, a herança do século passado é um honroso e expressivo emblema da imaginação humana. Sobretudo se considerarmos o que se produziu na Literatura dos últimos cem anos.

Jamais em toda a história da Humanidade foram escritas tantas e tão densas obras de prosa de ficção, poesia e dramaturgia.

Nunca antes tantas expressividades formais com a palavra e tantos temas da existência foram investigados de modos tão incisivos pelos escritores do século XX.

Por seus enredos, as obras de todo um vasto número de autores talentosos dos mais diversos continentes viraram e reviraram pelo avesso assuntos tais como as condições de vida nas sociedades urbana e rural, as ideologias políticas, as intolerâncias dos falsos valores, as calamidades históricas e cotidianas, a subjetividade do ser, as relações amorosas, os procedimentos sexuais, as descobertas tecnológicas, a transcendência do espírito, o próprio tempo e a memória.

Sem dúvida, nestes últimos cem anos de absurdos horrores históricos, a grande Literatura mundial soube cumprir seu papel com qualidade estética, dignidade e independência dos poderes, experimentando variados modelos de expressão, apreendendo, esquadrinhando, registrando e expondo as grandezas e as misérias da Humanidade, com o que forneceu valioso legado da inteligência ao porvir.

De fato foi um tempo de elaborado empenho das Letras em sua busca de uma compreensão mais densa dos sentidos da existência do ser e sua história social, o que já emerge com vigor e ânsia renovadora desde as primeiras décadas do século, quando James Joyce, Marcel Proust, Ezra Pound, Anton Tchekhov, W. B. Yeats, T. S. Eliot, Thomas Mann, Máximo Gorki, Pirandello, Fernando Pessoa, Machado de Assis e Euclides da Cunha, Virginia Woolf, Eugene O'Neill, Ítalo Svevo, John dos Passos, Scott Fitzgerald, D. H. Lawrence, André Gide, Ernest Hemingway, Gertrude Stein, entre outros, têm prontas ou mesmo publicadas algumas da obras mais importantes da contemporaneidade.

O que ainda não se imaginava nesses primeiros anos é que dentre tais nomes de significativa importância cultural haveria de se destacar, muito provavelmente acima de todos, a figura modesta de um advogado e funcionário público judeu da cidade de Praga, Franz Kafka, autor de três romances inacabados, algumas poucas novelas, diversos contos, cartas e exaustivo diário; obras que ao longo do tempo passariam a ser consideradas como modelos expressivos de uma interpretação literária quase profética do século.

Foi em sua época um escritor pouco conhecido, que, ao falecer de tuberculose na primeira metade dos anos 1920, deixara sua obra praticamente inédita em mãos de um amigo, acompanhada de uma frustrada solicitação: "Tudo que eu deixar... deverá ser queimado, sem ser lido, até a última página...".

Por sorte da inteligência humana, o amigo e também escritor Max Brod negou-se a cumprir o pedido, passando posteriormente a publicar os originais que tinha consigo: "Apesar das instruções categóricas, recusei-me a cometer o ato incendiário que me foi exigido", justificou-se mais tarde.

Mas o que traz de especial a obra de Kafka? Que sentido profético é esse que ela contém em suas páginas? Qual a dimensão de seu legado?

Autor de estilo seco, direto, substantivo e sem quaisquer torneios com o verbo, Franz Kafka não fazia a menor ideia da importância futura de seus livros. Tinha para si que escrevia tão somente fantasias pessoais.

Ainda que fosse uma pessoa tímida e atormentada por culpas atrozes, no mais das vezes advindas das tensões de sua formação pessoal, é sabido que nas leituras de seus contos e fragmentos romanescos para os amigos costumava rir das passagens e situações criadas por ele, quem sabe expressando certa defesa contra as dolorosas ansiedades de suas inventivas tramas.

Sem dúvida no mais das vezes o que Kafka escreveu em prosa de ficção foram pesadelos imaginados.

Sonhos terríveis plenos de intensas experiências e angústias mórbidas, obscuros sentimentos de autoacusação, culpa, perplexidade, medo e fracasso da vida diante de toda uma espantosa lógica dos poderes públicos e não menos onipresente na convivência interpessoal; situação instaurada como inevitável na história humana e certeza no olhar agudo dos pesadelos de Franz Kafka.

Feitios que talvez significassem pouco como resultado literário, não fosse a genial capacidade do escritor de representar todo esse controverso material onírico sob o feitio de narrativa corriqueira ou relato naturalíssimo despido de quaisquer perplexidades nos sentimentos de seus narradores.

É com a simplicidade dessa naturalização do insólito que Franz Kafka fornece suas fábulas ao leitor. Assim nos conta a crescente tragédia de Gregor Samsa, protagonista de sua novela *A metamorfose*, que repentinamente a propósito de nada acorda certa manhã transformado num imenso inseto. Ou trata da absurda tranquilidade com que Joseph K., personagem de seu romance *O processo*, recebe uma intimação da Justiça para responder por um crime que ninguém sabe lhe explicar qual é.

(No caso, ambos os personagens corriqueiramente submissos são condenados a julgamentos familiares e públicos, vítimas de suas sentenças pelo delito de estarem vivos.)

Sob esse andamento permanente de banalização do absurdo, mesclado a situações picarescas e eróticas, o escritor trama suas representações críticas da realidade, onde ocorre a trajetória sempre em queda de seus protagonistas. Uma queda assimilada como natural, mas tragédia compulsória no âmago da vida.

Com o advento de tudo o que aconteceu de modo doloroso e não menos absurdo durante a história do século XX, essas injunções imaginadas na obra de Kafka tornaram-se alegorias da falência das esperanças da condição humana diante das frustradas promessas dos poderes políticos, dos valores iluministas e mesmo do desenvolvimento científico na contemporaneidade.

Mais ousado do que qualquer outro escritor de seu tempo, Kafka, devido aos pesadelos onipresentes em suas obras, costuma ser visto como uma espécie de profeta preciso do horror histórico praticamente cotidiano acontecido nas décadas seguintes à sua morte em 1924.

Às vezes também é lido como um escritor de tendência filosófica, uma espécie de humanista revoltado contra todas as formas de totalitarismo do século.

Ainda há aqueles que o tomam por crítico radical da alienação do homem pela sociedade capitalista ou feito alguém que escreve intensamente indisposto com a violência das instituições burguesas.

Outros estudiosos menos entusiasmados de sua obra veem em Franz Kafka não mais do que um recorrente criador de anti-heróis.

Por toda essa diversidade de interpretações que sua obra inspira, decerto Franz Kafka libertou de muitas amarras formais os limites do realismo contemporâneo.

Influenciou significativamente quase toda a grande prosa de ficção que se seguiu à sua. Está presente com forte marca nas obras dos mais distintos escritores, tais como Jean-Paul Sartre e Jorge Luis Borges, Gabriel Garcia Márquez e Albert Camus, Elias Canetti e Georges Perec, Julio Cortázar e Samuel Beckett. E não só estes.

Igualmente repercutiu nas artes plásticas, no cinema e até nos feitios das mais ousadas histórias em quadrinhos.

Para o homem comum seu nome tornou-se adjetivo de acontecimentos incompreensíveis e surpreendentes do cotidiano, pois em mais de cem idiomas tem o mesmo significado pungente o vocábulo *kafkiano*, síntese expressiva de costumeiros pesadelos que tantas vezes vivemos embora acordados.

A mãe pródiga

Era Zeca Filinho, um sem sorte abandonado pela mãe aos três anos, criado por tia em barraco de canto pobre da cidade de Porto Seguro, Bahia, sempre na escuta de reclamação da tia:

– Bandida! Sem juízo! Põe filho no mundo e some por aí, com o deserdado entregue a mim que nada tenho! – o que Zeca Filinho ouviu a infância inteira.

No que cresceu, aprendeu a vender peixe antes de aprender a ler. Foi engraxate de sapato de veranista, varredor de rua e vendeiro de artesanato, bijuteria feita com concha do mar e grão seco de fava.

Fez-se então rapaz que sem aviso fugiu para São Paulo, onde ficou tempo em moradia de conterrâneo no Capão Redondo, periferia da zona sul da cidade.

Chegou disposto e foi à luta. Vendeu cigarro a varejo num terminal de ônibus urbano, fez bico de empacotador em mercadinho, trabalhou em limpeza de açougue e lanchonete, até cair no agrado amigo de um certo Seu Kenji, japa de bom coração, dono de barraca de legumes em feira, que concedeu pouso e proteção a Zeca Filinho, pagou carta de motorista para Zeca, mais curso no ofício de segurança; gastos descontados de salário do rapaz feirante.

Documentado, mudou de vida. Encaminhado por Seu Kenji, arranjou emprego de guarda noturno de rua, o que lhe trouxe mais algum e com o que fez pé-de-meia; pôde alugar para si casebre numa baixada do Campo de Fora, também na periferia da zona sul paulista.

Sem mais tardar, em casa de forró um pouco além de onde morava, conheceu Madalena Cândido, faxineira diarista que vivia com a madrinha no Vaz de Lima, bairro perto da casa de Zeca.

Após meses de namoro, num certo novembro de 1995, trouxe Madalena para viver com ele e com a soma dos ganhos dele e dela tiveram tempo de vida boa aos poucos, com tudo em casa comprado em prestações pagas sem atraso.

Carro ainda não tinham, mas juntavam para ter e teriam não fosse o desgraçado acaso de uma noite na semana da pátria, vez em que Zeca Filinho levou tiro no rosto ao enfrentar bandidos em arrombamento de um sobrado vazio na rua que vigiava.

Azar que piorou quando a chaga do tiro, sem cicatrizar, encostou Zeca na Caixa com migalha de dinheiro por mês, o que obrigou o casal a viver num aperto de dar dó, salvo da fome pelas faxinas diárias de Madalena Cândido, que bem gostava do companheiro, malgrado o rosto ferido e gangrenado de Zeca Filinho.

Fase ruim na vida dos dois, quadra que durou até boa tarde de domingo, Dia das Mães, dez de maio de 1998, quando bendito táxi especial estacionou defronte à casa deles.

Do táxi desceu dona elegante com estampa de ricaça. Quem a recebeu foi Madalena.

– É aqui que vive Zeca Filinho? – a dona perguntou.

– Sim, senhora... – Madalena respondeu sem mais, interrompida por Zeca que chegou na hora.

– Sou eu... Zeca Filinho, sim...

– Não me reconhece? – satisfeita, a dona inquiriu.

– Não, senhora... – nem fazia ideia de quem era aquela ricaça.

***

Ninguém negava. Naquele finzinho dos anos sessenta, em Porto Seguro, Bahia, a mais bela moça de se ver era Marinilda Gomes – a Marzinha.

Arrumadeira em pousada de veranista, sempre se arrumava com gosto para os bailes na cidade e onde mais fosse, com presença sem falta até em festa de índio na aldeia de Coroa Vermelha, juntinho de Porto Seguro.

Tanto se arrumou, dançou e namorou que, aos vinte anos, em 1970, arranjou filho sem pai. Ninguém nunca soube de que namorado era a criança, menino mais criado pela tia do que por sua mãe.

Certo é que três anos depois, animadíssima, Marzinha deu de querer conhecer o carnaval em Salvador. Foi e de lá não mais voltou, sumiu, evaporou. Sumiço programado, pois que não deixou uma só peça de roupa dela em Porto Seguro.

Hoje bem se sabe que certo Peter Green, quarentão de Detroit, Estados Unidos, foi quem levou Marzinha com ele e com ela se casou.

Não tiveram filhos, mas enriqueceram às voltas com negócio de aluguel de carro. Viveram juntos, casados por vinte e três anos, até a morte de Peter, que deixou Marinilda Gomes Green rica de tudo, dona sozinha do que tinham.

– Sou sua mãe, Zeca... Marinilda, a Marzinha... não lembra de mim?

– Lembro não... – Zeca Filinho respondeu sem mais o que dizer, com os olhos grudados no táxi de luxo, certo de que um carrão igual poria sua vida no acerto... claro... se também não tivesse a maldição da chaga na face.

– Vim me recompor contigo. Tem mais de ano que procuro por você... – Marzinha adiantou-se devagar, meio sem graça com o "não" do filho.

— Entra, dona... Pode chegar. Mãe é sempre mãe — Madalena Cândido pôs fim ao impasse. — Melhor a gente conversar dentro de casa.

***

Daí tudo mudou.

Bendito ano, aquele.

Marzinha pagou médico caro para curar a ferida no rosto de Zeca. Comprou sobrado grande, que deu ao filho e à nora, em Embu das Artes, onde também inaugurou restaurante de primeira entregue de mão beijada a Zeca e Madalena com festa de dar gosto, presença de mundão de gente importante, prefeito de Embu, vereadores, juiz, delegado, artistas da cidade, decerto entre tantos até mesmo pretendentes à mão da viúva, baiana rica bonitona, dona de fortuna em Detroit.

Verdade. Parece mentira, mas é verdade. Tudo de fato aconteceu nesse ajeite, bem conforme me contou Marco Albano, conterrâneo de Zeca Filinho, zelador do prédio onde moro na região da Paulista, homem correto que nem eu, incapaz de inventar ficção que é mentira.

O interior, os rios, o mar e o oceano

Ao longo do século XX, na história da literatura brasileira, muitos escritores mobilizados pela ânsia de uma afirmação da identidade nacional se empenharam em escrever romances com cenários e tramas centrados nos conflitos e contrastes das realidades interioranas do país. Todo um conjunto de obras que os compêndios didáticos passaram a chamar de literatura regionalista.

São romances que exibem um Brasil com muitas faces, bastante distinto da fisionomia presente na literatura dos grandes centros urbanos nacionais, na época apenas Rio de Janeiro e São Paulo.

Seus autores, romancistas da floresta, da caatinga, das montanhas, do sertão e das cidades provincianas (muitos, tão somente escritores municipais, outros estaduais e alguns, mais destacados, romancistas federais), costurando a grande extensão territorial e humana do país, sem dúvida apreenderam e com suas obras favoreceram o aprimoramento da inteligência brasileira ao expressarem toda uma sensível compreensão crítica de um Brasil plural e contraditório na sua existência histórica e cotidiana.

O empenho por uma literatura que expresse as vivências dos múltiplos brasis vem de longe. Começa com os movimentos nativistas anticoloniais. Toma vulto após a Independência, em 1822, tornando-se uma herança romântica.

Na prosa de ficção entre os românticos foi José de Alencar quem mais se comprometeu em escrever uma obra organizada e voltada a uma busca da identidade nacional. Através de seus romances, procurou fixar paisagens e tipos humanos do país até mesmo embalado pelo sonho de uma *língua brasileira*.

Seus índios, sertanejos, gaúchos ou mineiros, ainda que tipos idealizados, significam um marco histórico com preocupação estética. Crescem de importância diante de alguma tendência preconceituosa das letras na Corte contra os personagens inspirados em nossa população interiorana.

Claro está que outros escritores do Romantismo acompanharam a preocupação de Alencar. Alguns, inclusive, procuraram superar seus limites, como o cearense Franklin Távora, em *O cabeleira*, romance de um romantismo já em crise, pleno de voos naturalistas.

Por sua vez poucas obras do Realismo e do Naturalismo trataram da paisagem, do homem e dos contrastes do interior do país, em meio a um mundão de histórias centradas no cotidiano da capital do Império, de onde seus autores quase sempre tiraram assuntos e tramas. Conflitos por sinal tratados com mãos dos mestres Raul Pompeia e Machado de Assis, para a glória desse viés urbano da literatura brasileira.

É com a República que o país começa a se preocupar de modo mais evidente com a demarcação de seu rosto, sua identidade nacional antes forjada pela fisionomia ociosa e escravocrata do velho Imperador.

Na emergência do século XX não há mais como esconder que o Brasil é um todo múltiplo e contraditório. Uma sociedade dividida por diferenças abissais entre o campo e a cidade, entre o interior e a metrópole, entre os pobres e os ricos, os que trabalham e os que vivem no ócio, compondo brasis díspares em confronto. Violentos conflitos opondo militares e civis, elite e povo, expõem a ferida e até ameaçam a unidade política do Estado.

Um duro retrato dessa realidade se exibe escandalosamente através da obra *Os sertões*, do escritor Euclides da Cunha. Trata-se de um vasto ensaio a respeito da mais perversa das guerras dos primeiros anos da República: a Guerra de Canudos, onde toda a população de um pequeno arraial de esfomeados romeiros, após uma heroica resistência de seus homens, mulheres e crianças, munidos de pau, foice e facão, é massacrada por bem armadas tropas do Exército, no norte da Bahia.

A primeira edição de *Os sertões* chega às livrarias em 1902 e se esgota imediatamente. Seguem-se outras edições com igual repercussão.

A sorte está lançada. É preciso redescobrir o Brasil, imenso continente retalhado por trágicos e dolorosos contrastes.

A prosa de ficção pré-modernista, contudo, não tem fôlego para cumprir a tarefa. Perde-se nos extremos do precioso, do pitoresco e do banal.

Ainda que muitas vezes seus escritores sejam humanistas sinceros e preocupados no trato de seus argumentos romanescos, ou mesmo linguistas meticulosos na elaboração de seus textos com personagens do mundo rural, suas apreensões da brasilidade atêm-se de modo simplório ora à narrativa folclórica, ora a uma ingênua postura nostálgica. Quando não, sinalizam que o campo não passa de um palco decadente e, por isso, diverge do ânimo modernizador da metrópole.

Sob esses limites se inscrevem na história da literatura brasileira alguns talentosos autores de intenção regionalista, como o gaúcho Simões Lopes Neto, o paulista Valdomiro Silveira, o goiano Hugo Ramos e o mineiro Afonso Arinos.

Na vanguarda desses escritores de destaque do pré-modernismo, encontra-se Monteiro Lobato, muito provavelmente quem melhor soube denunciar os problemas sociais e mentais do Brasil oligárquico da I República. E, ainda, o maranhense Graça Aranha, mais por suas posturas de apoio aos Modernistas de 22 do que propriamente por seu romance *Canaã*, centrado nos conflitos de uma colônia de imigrantes alemães no Espírito Santo.

A Semana de Arte Moderna de 1922, embora tenha instaurado toda uma ruptura com os códigos literários dos primeiros vinte anos do século, não forneceu com a prosa de seus participantes uma contribuição mais vigorosa para a compreensão das relações sociais no Brasil interiorano.

No que se refere à questão nacional, os jovens modernistas foram de tal modo ambíguos que muitos deles acabaram resvalando para equivocadas posturas conservadoras, até mesmo com afeição por modelos totalitários para a organização social.

De novo a exceção é Mário de Andrade. Nas décadas que se seguiram à Semana, com seus estudos, ensaios e conferências cumpriu importante papel esclarecedor das contraditórias condições de existência da cultura brasileira.

Já seu romance *Macunaíma*, obra de porte gigantesco, contendo-se nos limites de certo feito mitopoético, fica a dever um tanto como apreensão e expressão dos contrastes e conflitos dos muitos brasis.

Vale ressalvar, contudo, que os Modernos da Semana animaram o ambiente literário do país. Ajustaram as contas do atraso das letras nacionais com as correntes literárias europeias mais avançadas. Procuraram e apoiaram jovens escritores de vários estados da federação. Assim, indiretamente, instigaram a emergência do movimento regionalista na década seguinte.

No quadro histórico dos anos vinte, vetores como a presença polêmica de ideologias revolucionárias, a insatisfação da jovem oficialidade militar e a crise da produção cafeeira levaram à falência o modelo político dominante. Já não basta redescobrir o Brasil. É preciso transformá-lo.

Na urgência dessa necessidade acontece a Revolução de 1930. Gaúchos, nordestinos e mineiros, liderados por Getúlio Vargas, insurgem-se contra a velha ordem.

Ainda que a cavalo, chegam à então capital da República, amarram os burros no Obelisco da avenida Rio Branco e tomam o governo antes nas mãos da oligarquia do café com leite.

Trazem um programa com ideais modernizantes e nacionalistas. O voto universal e secreto nas eleições, a melhoria das relações de trabalho, mais a intenção de uma economia industrial, um país mais rico, um povo menos pobre.

Falas dos primeiros dias de festa, agitada barulheira que com o tempo ficou um tanto a dever.

O caso é que o custo dessa dívida cresceu com acentuada cobrança popular e não menos dolorosa consequência acontecida nas décadas seguintes, através de constantes golpes conservadores que culminaram em vinte anos de uma ditadura militar aliada do atraso histórico e plena de sangrentos crimes políticos, apenas agora de algum modo mais bem investigados para o bom sucesso da consolidação de uma democracia que reduza o secular tamanho da violenta exclusão social do povo trabalhador na história brasileira.

História recente que sempre precisa ser contada e recontada, mas noutra ocasião, não aqui.

Voltemos à história que contávamos.

Quatro anos antes dos tempos de 30, em Pernambuco, jovens intelectuais do Nordeste, sob a inspiração do sociólogo Gilberto Freire, reunidos no I Congresso Brasileiro de Regionalismo, haviam proclamado suas intenções nacionalistas no trato da cultura brasileira.

Um nacionalismo nada ufanista e mais de feitio social que os aproximava das correntes progressistas no país. Sentimentos um tanto diversos do cosmopolitismo da Semana Modernista de 1922.

Pouco depois, ainda antes de 30, repercute com sucesso a edição do primeiro romance desses regionalistas do Nordeste: *A bagaceira*, de José Américo de Almeida.

O advento da Revolução de 30 concede a essa jovem intelectualidade do Congresso de Recife um palco ideal para suas atividades culturais.

Desde aí começa a aparecer no circuito editorial toda uma série de livros que atendem ao esse anseio regional. Ensaios, textos de memória, contos e romances. Novos autores consolidam o modelo.

"São os do Norte que vêm!" – parodiando o historiador Tobias Barreto, é assim que Manuel Bandeira saúda esses jovens autores, num poema de seu livro *Estrela da manhã*.

Mas os que chegam não vêm apenas do Norte – ou do Nordeste, conforme quer dizer o poeta modernista. Vêm também do Sul, do Centro-Oeste, do Sudeste e do Norte, propriamente dito.

Nomes novos, militantes das letras que anualmente se apresentam no circuito com novas obras literárias, quase sempre romances de animada aceitação dos leitores.

No âmago dos conflitos de seus enredos as relações sociais de poder, instrumento tenso por onde se apreendem as desigualdades que intrigam o Brasil, sua história ou mesmo os dramas existenciais de sua gente, as muitas e controversas fisionomias de uma nação plural e complexa.

Obras que se expressam por uma escritura coloquial e depurada, aproveitando o melhor das heranças realista e naturalista, com sensíveis concessões que lembram o Romantismo, sem recusar as conquistas formais do Modernismo, as injunções da crítica sociológica de feitio inclusive marxista ou mesmo as percepções da Psicanálise.

Seus cenários? O mundo interiorano dos brasis das origens de seus autores onde o homem se confunde com a própria linguagem.

Num país cujo idioma predominante – o Português – é, sem dúvida, o principal cimento histórico de sua unidade política, esses escritores realizaram um projeto literário de envergadura.

Inegavelmente bem-sucedido em seus resultados, criaram escola. Fizeram o Brasil escrever sobre si mesmo. Tiveram discípulos, influenciaram as futuras gerações de romancistas ao longo do século XX.

Muitos de seus romances tornaram-se verdadeiros emblemas da brasilidade. Se não, o que dizer de *Chove nos campos de Cachoeira*, do paraense Dalcídio Jurandir? De *O Quinze*, da cearense Rachel de Queiroz? De *Fogo morto*, do paraibano José Lins do Rego? De *Vidas secas* e *São Bernardo*, do alagoano Graciliano Ramos? De *Capitães de areia*, *Tenda dos milagres* e *Subterrâneos da liberdade*, do baiano Jorge Amado? De *Ermos e gerais*, do goiano Bernardo Élis? Ou do monumental *O tempo e o vento*, do gaúcho Érico Veríssimo?

Obras que alimentam e alcançam sua grande síntese na expressão maior e transcendente do modelo literário que em conjunto constroem, decerto o romance *Grande sertão: veredas*, do mineiro João Guimarães Rosa, mar onde se lançam as águas fluviais do Regionalismo brasileiro.

Se hoje bem sabemos que não é tanto o que nos basta em nosso oceano de histórias brasileiras por contar, contanto não ignoramos que há muito mais por vir e já emerge na literatura desta vasta *cidade de deus* que são os nossos brasis.

Que assim seja!

Há de ser!

Antônio Conselheiro

Antônio Vicente Mendes Maciel, peregrino, devoto e conselheiro, líder messiânico de Belo Monte, povoado criado por ele, na região de Canudos, Bahia, nasceu em manhã do dia 13 de março do ano de 1830, precisamente há mais de 180 anos, na cidade cearense de Quixeramobim.

Foi menino caseiro, órfão criado sem a mãe desde os quatro anos de idade. Viveu infância com o pai e as irmãs. Recebeu educação primorosa, aprendeu até mesmo o Latim por conta do cotidiano religioso em sua casa.

Jovem de índole dócil, sempre ajudou o pai na loja da família. Com a morte do pai, Antônio cuidou das irmãs e do comércio familiar. Casou-se com prima, mas não foi feliz no matrimônio.

Em 1859 transferiu-se de sua cidade para Sobral. Foi caixeiro-viajante, professor, escrivão de paz e requerente em serviços judiciários.

Separado da mulher, pôs-se a mendigar por estradas e cidades, penitente a serviço de Cristo e da Virgem Maria. Determinado e carismático, sem maior demora tornou-se conhecido peregrino e bom pregador leigo de instruções bíblicas, igualmente orientado pelos livros *A missão abreviada* e *Horas marianas*.

– Minha ocupação é apanhar pedras pelos caminhos para edificar igrejas. Pago meus pecados e cumpro meu destino – proclamava a seus fiéis.

Nessas andanças, auxiliado por devotos pobres entregues à fé na salvação de suas almas, construiu e consertou muitos templos católicos – mais de vinte –, murou cemitérios cristãos, criou açudes, poços e tanques d'água; trabalhos acompanhados de novenas e ladainhas, preces e sermões.

Alcançou o nordeste da Bahia nos primeiros anos da década de 1870, onde somou novos fiéis à sua pregação, precisamente nas vastas terras de Cícero Dantas Martins, Barão de Jeremoabo, poderoso político local, latifundiário e dono de 61 grandes fazendas, que logo se opôs à presença do Conselheiro na região de seu mando.

Desde aí principiaram os conflitos entre Antônio e o Barão. Confrontos por vezes violentos que culminaram na prisão do pregador, caluniado e acusado de assassinato da mãe e da esposa no Ceará.

Detido e encaminhado a Quixeramobim, em sua cidade natal Antônio Conselheiro foi julgado e absolvido.

Livre da acusação, voltou à Bahia e a seus devotos. Enfrentou o implacável mando do Barão e prosseguiu com suas pregações cada vez mais bem-aceitas, fenômeno popular que igualmente lhe trouxe vaidosa e severa oposição do alto clero baiano.

Esses conflitos de interesses, muitas vezes convertidos em trágicos embates, levaram o Conselheiro, no limiar da década de 1890, à criação de um lugarejo para viver com seus devotos em paz que os encaminhasse à salvação de suas almas.

Às margens do rio Vaza Barris, na região baiana de Canudos, o pregador fundou o povoado de Belo Monte. Em menos de três anos o arraial tornou-se a segunda cidade mais populosa da Bahia. Reunia famílias de trabalhadores rurais e urbanos – brancos, negros e índios – movidos pela fé em Cristo e na Virgem Maria, situação que desagradou ainda mais a oligarquia local e a política dos mandantes no estado. Por fim, o desagrado alcançou o governo federal republicano.

Antônio Conselheiro opunha-se à ordem do novo regime que separava os poderes do Estado e da Igreja, repudiava a validade do casamento civil e a condição do governante agora despido do direito divino de mandar, o que anteriormente legitimava o Imperador.

Tratava-se de uma oposição religiosa e não propriamente política, porém postura suficiente para pôr seu povoado e sua gente no âmbito da ilegalidade e da subversão. Belo Monte verteu-se assim em mau exemplo, suposto perigo para a estabilidade republicana e caso de polícia, ação militar.

Coube à imprensa dos centros urbanos, com vasto noticiário calunioso, manipular a opinião pública, produzir com inverdades acentuado pânico nacional, completar o serviço conforme os interesses da oligarquia rural e dos militares de ideal positivista, feitio autoritário.

Nas páginas dos jornais, Antônio Conselheiro não passava de um fanático, um demente, um barbudo sujo, feio e assustador, um insano que se imaginava Deus, um conspirador monarquista que, com seu povo pobre, ignorante e analfabeto, desejava incendiar o país, trazer de volta o atraso, coroar-se imperador do Brasil, tomando os bens dos que têm para dar aos que não têm. Era preciso destruir Belo Monte!

No decorrer de 1897, metade do contingente militar brasileiro de oficiais e soldados deslocou-se para Canudos, que resistiu mês a mês até 5 de outubro, quando morreram os quatro últimos combatentes de sua resistência – um velho doente, dois homens válidos e uma criança – "na frente dos quais rugiam raivosamente cinco mil soldados", conforme conta o escritor Euclides da Cunha, no livro *Os sertões*.

De Belo Monte incendiada "não sobrou pedra sobre pedra" e assim cumpriu-se a ordem pessoal do Presidente da República, Prudente de Morais, a seus comandados.

Antônio Vicente Mendes Maciel, o Conselheiro, morrera semanas antes de causas naturais. Seu corpo, sepultado em campo santo do arraial, foi desenterrado e degolado no dia seguinte à completa destruição de Canudos.

Hoje, Antônio Conselheiro reside vivo na História do Brasil, junto dos mais valentes e sinceros heróis do povo brasileiro.

Receita para São João!

Não há nada mais alegre do que festa de São João na cidade de Paineiras, onde estive certa vez, sendo tradição local desde os anos cinquenta, há mais de sessenta anos, foi o que me contaram.

Consta que a festança nasceu devido à paixão entre moça do lugar e jovem de outra cidade, no ano após terminada a II Grande Guerra.

Amor à primeira vista noutra festa de São João em lugarejo vizinho não distante de Paineiras. História de certa Chica, mais tarde Dona Francisca, que, presente no evento, encantou-se por rapaz de nome Francisco Aurélio, estudante de Direito, animado carioca.

Viu, gostou, se apaixonou, a noite inteira dançou com esse moço do Rio. Em namoro encaminhado, trouxe o jovem a Paineiras para apresentar aos pais. Antes pediu a São João que abençoasse a paixão. Fez, em segredo, promessa.

São João, que é bom, concedeu, aceitando o prometido. Cinco anos depois, num 24 de junho, Francisco Aurélio e Francisca se acertaram casados.

Foi daí que a jovem Chica, devido a sua promessa, ano após ano passou a comemorar São João, o que acontece até hoje, é tradição em Paineiras, com presença de visitas até de outros lugares. Um mundão de pessoas atraídas pelos doces, variação de salgados, quentão, muito foguetório, agora já sem balão, por causa de triste incêndio que aconteceu em 2000, quando balãozão perdido caiu sobre a serraria na entrada da cidade, o que dividiu o povo, parte ficou na festança, parte apagou o fogo.

Devido ao acontecido não se usou mais balão nessa festa de São João. Mas tem bombinha de estalo, tem cabeça de negro, rojão, muito busca-pé, chuva de ouro no céu e gigantesca fogueira toda em maçaranduba, a madeira apropriada, boa para queimar sem gerar muita faísca.

Ao redor da fogueira lá está quem sempre está.

As moças namoradeiras em vestidos de chita, muita tinta no rosto e flor branca nos cabelos, cabelos sempre com tranças.

Mais moços fantasiados com calças de brim marcadas por mil remendos forjados, as calças arregaçadas pelo meio das canelas, todos de chapéu de palha, lenços de cor no pescoço, as camisas semissoltas para fora da cintura. Uns com sapatos trocados, esquerdo no pé direito, direito no pé esquerdo; outros de pé no chão e alguns com chinelão.

No comando dessa festa governam Dona Francisca e Dr. Francisco Aurélio. Vivos, alegres, saudáveis, juntos dos oitenta anos. Sempre recebem todos em grande congraçamento.

Tem de tudo na festança.

Só não tem confusão, briga que nunca teve, pois Deus decerto vigia.

Tem bem mais de um sanfoneiro. Tocador de cavaquinho, tocador de violão, igualmente estão presentes.

Tem dança para quem gosta, atendendo a todo gosto. Muito forró e muito samba, mambo, tango e baião. Tem vez que nem falta rock. E claro que tem quadrilha, casamento caipira, bênção com água benta, pois o padre de Paineiras colabora, nunca falta ao São João do lugarejo.

Doce é sempre o que tem mais.

Tem tigelão de canjica com e sem amendoim, rapadura com sabor de gengibre e de mamão, mais castanha de caju. Pé de moleque e de moça. Queijadinha, olho de sogra, cajuzinho à vontade. Goiabada, bananada, doce de batata-doce, cuscuz e broa de milho, milho cozido e assado, milho também na brasa. Cocada, fruta em compota. Cana picada e garapa. Bolos, pudim de leite. Refrescos sempre gelados.

Tudo para quem quiser, com quentão de vinho quente, de cachaça com canela, licor de laranja lima, de limão, maracujá, pêssego e jenipapo, além de outros sabores.

Salgado? Claro que tem.

Carne de porco frita, linguiça de todo tipo, churrasquinho de boi, de galinha, de carneiro. De gato, este não tem, nem tem o de passarinho.

Inhame bem cozidinho desmanchando na boca. Mandioca em pedaços quentes. Um bandejão de torresmo. Tapioca, queijo e pão. Feijão preto, feijão branco, paio gordo no feijão, mais arroz em três receitas.

Tem até mesmo comida herdada do estrangeiro pro cardápio brasileiro. Doces árabes, esfirras, quibe frito e de bandeja, amêndoas adocicadas, frutas cristalizadas, receitas de espanhol, muita massa italiana, tudo oferta de amigos.

Tem duas mesas de sorte com arruda, ferradura, figa, baralho comum, mais baralho tarô; espelho d'água em bacia para quem quiser se olhar. (Ai daquele que vai ver e não enxerga seu rosto refletido nesse espelho! Fica mal-afamado, com fama de lobisomem ou de mula sem cabeça. No correr de toda a noite corre muita boateira por conta dessa bacia.)

Nessas mesas também tem a bacia das agulhas com água, óleo por cima. (Moço e moça enamorados jogam nessa bacia duas agulhas pequenas. Se as agulhas se juntam, chegarão ao casamento. Se afundam sem juntar, o namoro, certamente, condenado a acabar, não passa de brincadeira.)

Não custa muito essa festa, pois, desde os anos 1980, um vereador local, Luiz Antônio Carvalho, fez aprovar projeto de ajuda financeira da prefeitura ao evento. Graças ao que propôs e conseguiu incluir no orçamento da cidade, houve quem sugerisse que fosse o novo prefeito tão logo houvesse eleição. Não quis se candidatar, mas, se candidato fosse, sem erro se elegeria.

E quando a grande fogueira, na madrugada da festa, vira vasto braseiro, torna-se desafio para moços corajosos que, descalços, pés no chão, andam por cima das brasas encantando as namoradas.

No amanhecer do dia, os que então se despedem querem mais ano que vem. Vão embora com fé, certos de que assim será.

São João gosta e sempre ajuda.

É santo alegre, feliz.

O mistério de Maria Odete

Esta história aconteceu bem conforme revelo agora. Guardo, porém, em segredo o nome do lugarejo onde o fato se deu. Que seja por minha conta Santo Antônio do Cristal, no nordeste de Minas.

Nunca é demais ser discreto.

O caso principiou quando Maria Odete, filha única e mimada de honrados cristalenses, no início dos sessenta, bem no século passado, há mais de quarenta anos, plenamente apaixonada decidiu se casar no Domingo de Ramos com Amador Laranjeira, de apelido Bico-Branco, motorista bonitão, baiano, que se dizia natural de Paulo Afonso.

Havia seis meses, esse moço viera para Cristal.

Tinha caminhão novinho e prestava bons serviços com o transporte de carga.

Claro está que os pais da moça, descontentes com o namoro, pois afinal o rapaz era um estranho no ninho, muito mais se opuseram à data escolhida conforme queria a moça.

– Minha filha, que ideia... Onde é que já se viu fazer festa e se casar logo na Semana Santa? É coisa que não se faz. Deixe seu casamento para o segundo semestre. Vá devagar com o andor! – suplicou a mãe da jovem.

Maria Odete, entretanto, bateu pé, teimou e quis.

– É um dia muito lindo, com gente trazendo palmas para benzer na igreja. Quero, quero e quero, sim. Bico-Branco também quer. Depois, já sou de maior. Se não concordam comigo, caso por conta própria e por conta de meu noivo. Primeiro, caso na igreja, com festa, doces e bolo. O casamento civil será na segunda-feira. Depois disso, viajamos... – insistiu, venceu os pais e igualmente venceu a estranheza do padre, que, sem vasta controvérsia, não contrariou a noiva, acertou a cerimônia para a missa das seis horas no Domingo de Ramos.

Chegado o dia da festa, com noivo e noiva no altar, os pais de Maria Odete, padrinhos e convidados reunidos na capela, eis que na entrada do templo certa jovem que trazia uma criança no colo, outra criança na mão, moça estranha na cidade, interferiu no evento, avisou que Bico-Branco não podia se casar, pois era marido dela, pai dos filhos que tinha.

No meio da confusão, desmaiou Maria Odete.

Sem voltar de seu desmaio, foi levada ao hospital.

Já o noivo, este sumiu. Aproveitando a balbúrdia, fugiu com a tal esposa, mais as duas crianças; nunca foi localizado.

Três dias Maria Odete permaneceu desmaiada. Faleceu na quarta-feira. Desesperando os amigos, fez da Semana Santa a mais triste das semanas naquele ano em Cristal.

Certamente com o tempo seria o fato esquecido, não fosse o que aconteceu no Sábado de Aleluia, conforme sempre confirmam todos os cristalenses.

Contam que na manhã do imediato domingo, Idalina Campelo, moça já solteirona, magrelona apelidada de Idalina Bambu, confessou a Padre Henrique que, no sábado à noitinha, estando nas cercanias do cemitério local, a pobre Maria Odete aparecera pra ela.

– Juro! Não assustei. Mais intrigada fiquei quando o fantasma da morta vestidinha de noiva anunciou que me caso no mais tardar em setembro. Ora, mas casar com quem, se nem tenho namorado e sei que ninguém me quer? – contou Idalina, em prantos.

Evidente que o vigário não acreditou na moça. Ponderou, pediu a ela que guardasse em sigilo a estranha aparição. Que rezasse, que esquecesse, não se entregasse à ilusão.

Idalina Campelo, se rezou um terço inteiro, mesmo assim não conseguiu manter consigo o segredo. Contou ao pai e à mãe. Contou também para a tia. Igualmente, a três amigas. O bastante para o caso chegar ao conhecimento de quem quer que fosse na cidade, virar piada de todos, chacota que tantas vezes machucou a solteirona.

Acontece que, em setembro, para surpresa geral, Idalina Bambu casou-se com um viúvo maduro da cidade de Alegre, no Espírito Santo, vigoroso quarentão que viera até Cristal para tratar de negócio e se encantara com a jovem.

No decorrer do casório, certa Margaridinha, igualmente solteirona, disse à mãe que também vira, no Sábado de Aleluia, a pobre Maria Odete. Que a morta lhe prometera um casamento em novembro.

– Mãe, na hora apavorei. Achei que era maluquice. Guardei comigo o segredo, nem contei para a senhora. Mas se Idalina casou, agora bem sei que vem para se casar comigo o marido prometido. Resta chegar novembro. Maria Odete não falha – convicta, assegurou, mesmo sem ter pretendente, mesmo estando em setembro.

Pois em novembro, sem falta, tudo muito de repente, Margaridinha casou com amigo do pai dela, um tipão aposentado que aparecera em Cristal vindo de Espera Feliz e num namoro veloz se apaixonara por ela.

Desde esses dois casamentos, as mocinhas de Cristal, no Sábado de Aleluia, cumprem firme obrigação, levam flores, levam velas para Maria Odete, oram junto de seu túmulo e rondam o cemitério até o anoitecer.

Se no decorrer do ano alguma dessas garotas por fim consegue casar, decerto que na cidade o comentário é um só:

– Esta viu Maria Odete! Não falou para ninguém, mas evidente que viu! – dizem uns, afirmam outros.

E se tem quem diz que viu, encontrou Maria Odete, mas permaneceu solteira, outro é o comentário:

– Mentirosa... contou prosa... fez propaganda enganosa... está aí pra titia... nunca viu Maria Odete!

É o que sempre acontece há mais de quarenta anos.

E se não creio em fantasmas ciente de que são mitos apaziguando desejos, explicando o inexplicável, Santo Antônio do Cristal, sua gente esperançosa entregue à tradição, claro, discorda de mim.

Que fazer para entender certa mania do povo?

O oceano amazônico

Conta certa história de povo da floresta que, no princípio dos tempos, Poronominare, o deus dos deuses, de pé no topo do norte de nosso norte, o monte Roraima, com seus olhos enxergou a vastidão de tudo e pôs-se a fazer um mundo.

Semeou matas e campos, cerrados, árvores gigantescas, flores, fruteiras, cipós, plantas santas. Criou montanhas e serras, chapadas, caatingas, planícies e planaltos, vales, mais campos gerais e coxilhas.

Desenhou trilhas para rios e riachos que algumas vezes descansaram em lagos e lagoas. Traçou longas praias associando as águas do mar aos penedos, por conta de ter o bom gosto de unir opostos, somar as diferenças.

Plantou, no dia do Céu, forte Sol rodeado por vivas nuvens

brancas. E pingou estrelas douradas no prosseguir da noite, mais uma intensa Lua que nem um Sol noturno suave.

Daí, concedeu existência aos homens e aos demais animais da mata, do ar e das águas, postura peculiar às plantas e às pedras.

Terminada a obra, Poronominare determinou:

– Agora vivam aí! Melhor é impossível para ser feliz!

Com a história que nos conta, confirma o povo da floresta que essa vasta criação de Poronominare, desde o norte de nosso norte, o monte Roraima, até o sul de nosso sul, nas terras gaúchas, é deveras o Brasil.

Verdade é que em todo o mundo não há nenhum país que tenha uma mitologia tão variada feito o nosso.

Trata-se de oceano de lendas e mitos para onde correm águas de múltiplos rios, o rio do imaginário ameríndio local, associado às águas míticas do negro africano, do branco europeu e de outros tantos povos, rios e oceano de narrativas que nos inspiram em progresso a composição peculiar da brasilidade.

Histórias que sugerem gostos, costumes, procedimentos, valores e poéticas que tantas vezes instruem nossas artes, não raro até mesmo as mais sofisticadas e eruditas.

Nesse oceano de enredos e sabedorias mitológicos, se cada região do Brasil expressa esse folclore unitário por modos de significação específicos, não há como negar destaque ao fervedouro de mitos e lendas localizado na Amazônia.

São milhares de histórias que procuram explicar a origem dos astros, dos bichos, das plantas e de acontecimentos na vida dos homens.

Narram enfrentamentos com animais fabulosos. Contam aventuras de seres mágicos da natureza, alguns astuciosos, outros extremamente perigosos, muitas vezes intransigentes protetores da floresta e dos rios.

São narrativas que existem por tramas diversificadas e desfechos complexos. Histórias de heróis e heroínas, monstros e animais fantásticos, filhos do fundão da mata virgem ou personagens emblemáticos, seres exóticos que existem nas margens ou saem do interior das águas dos muitos rios que se juntam ao monumental Amazonas.

Entre esses heróis amazônicos vive Poronominare, o senhor de tudo, deus dos deuses, criador da criação desde o topo do monte Roraima.

Igualmente, na Amazônia reside Macunaíma, o trapaceiro sem nenhum caráter que vem das distantes margens do rio Orenoco.

Aos dois, se soma Jurupari, o filho do Sol com a virgem Ceuci, legislador mitológico das cercanias do rio Negro, a quem coube dizer aos homens como viver em paz e em guerra, plantar para colher e cuidar das crianças e dos anciãos na tribo.

A eles também se junta o cruel Mapinguari que a tudo devora, insaciável demônio do mal, senhor da fome com bocarra gigantesca.

Já as margens do rio Madeira são berços de outros seres fantásticos, feito a onça-boi que, sendo onça, tem patas de touro.

A Matintapereira, pássaro descomunal, vem do verde-azul das águas do rio Tapajós, sendo apavorante mutação de velha senhora em ave que corta os ares, percorre o mundo amazônico à procura de fumo e aguardente. Ai de quem não lhe atende o desejo!

Não muito distante do Madeira, as margens do rio Maués são o nascedouro da história que confirma a origem do guaraná através da tragédia vivida pela infeliz

Onhiamuaçabê ao perder seu jovem filho. Morto, o menino cedeu seus olhos como sementes dessa planta que traz energia aos homens.

Outras lendas das margens de outros tantos rios da região amazônica cumprem seus sentidos particulares, como a que revela o aparecimento da estrela das águas, a vitória-régia. Ou a que conta como surgiu a Lua no céu. E a que justifica a magia do canto do uirapuru na mata.

No fundão de todas essas águas com vastidão de mar mora a mitológica Cobra-Grande, que vira os barcos e afunda os homens. A Boiúna que doou a noite ao mundo quando na vida de todos só havia o dia.

Nos arredores dos maiores rios vive o Curupira, sempre pronto a orientar por trilhas mais fartas os que buscam plantas comestíveis ou medicinais na mata.

Curupira que também é fera intransigente, regulador dos períodos de caça e pesca, sem perdão para os que ousam perturbar o equilíbrio do ecossistema local.

São tramas não poucas vezes cheias de controvérsias, como as do ciclo do boto, que é Ipupiara, no Amazonas, e, no Pará, Uauiará.

Pode ser homem-peixe bestial, que sai das águas para matar todo vivente que encontra, ou mesmo boto que se faz moço lindo, deixa o rio à procura de bela moça em povoado e, se não abandona grávida a *desfeliz*, senhor de palácio na fundura das águas, sequestra e leva para lá a virgem seduzida.

Múltiplas histórias do vasto imaginário dos povos da floresta e dos rios da Amazônia brasileira. Registros significativos de nosso painel folclórico, expressões fundamentais de nossa afirmação cultural na demarcação peculiar e identificadora da brasilidade em meio à convivência planetária; registros de grande importância que completam a fisionomia nacional, ainda mais agora quando forças poderosas almejam, no âmbito de falaciosos projetos de globalização, internacionalizar nossa região amazônica decerto a contragosto de nossa integridade territorial.

"Espelho de Prata"

Chamam-me Francisco Macedônio. Este, porém, nem sempre foi meu nome, sendo assim chamado desde que resido aqui, no feitio desta história.

Antes de ser o que sou, era um dos sócios de uma pequena casa de tangos, a "Espelho de Prata", no bairro da Boca, em Buenos Aires.

Tropeços da vida me trouxeram aos meandros do que se passou e conto agora.

Desconfio que não irão me acreditar. Mas, juro, foi o que se deu, desde há muitos anos. Desde uma tarde de domingo frio, em um fim de julho.

Na ocasião, eu e meu sócio, mais um velho empregado, limpávamos o salão de nossa casa de tangos, quando lá nos apareceram Vitório e Silvana.

O casal apresentou-se.

Disseram-se cantores e dançarinos, ele, com sua guitarra, os dois me espantando um tanto, mais por suas aparências arregaladas, embranquecidas, um certo porte de silhuetas medrosas tiradas às pressas da página em um livro.

Eram de Junín, assim falaram.

E nos ofereceram os seus serviços.

Logo desconfiei que de Junín não eram, pois que também sou de Junín e quando lhes falei disso puseram-se a desconversar. E não demorou a se confirmar minha desconfiança.

Ambos, nos dias que se seguiram, um tanto despreparados para suas invencionices, andaram igualmente dizendo a uns e outros ora que eram de Baia Blanca, ora que vinham de uma cidadela aos pés da Serra de La Ventana. Intriga, porém, que pouco importou.

O certo é que precisávamos do que nos ofereciam.

Há três dias, havíamos despedido nosso guitarrista, por ter se metido em briga de faca com um freguês, na discórdia por uma dona que convidara para dançar entre um ato e outro de sua apresentação.

Propusemos a Vitório e Silvana que, então, se mostrassem. E, do que sabiam, nos ofereceram com bastante habilidade.

De início, meteram-se a dançar um escondido.

Em seguida, uma chacarera.

Não foram, porém, muito adiante com esses estilos, ainda que bem dançassem assim.

Logo lhes pedimos um tango, por ser de feitio mais próprio à nossa casa.

Puseram-se, então, ele, a tocar, e ela, a cantar. Justo "Caminito", de Filiberto e Coria Peñaloza, nos parecendo sobrenaturais desde já, por terem adivinhado a preferência de Bustos Casares, meu sócio. E mais nos impressionaram, quando de "Caminito", num salto imediato, foram ao "Milonga Sentimental", com que me arrancaram lágrimas.

Passamos a cantar juntos com Silvana. Eu, Bustos Casares e o velho José Fernández, nosso empregado, completamente embalados pela guitarra de Vitório. E não foi pequena a nossa surpresa quando o casal nos deixou cantando, pondo-se a dançar por voltas tão fortes, passos tão loucos, arrebatados de tal modo que, num repente, se fixaram em nossos olhos como desenhos, velozes gravuras azuis, dessas por costume gravadas em nossos azulejos portenhos, desses mais belos, tão belos que parecem vindos do Céu.

Quando findaram a apresentação, já dançávamos também, eu e Bustos Casares, sob os "Bravos!" de José Fernández, nosso empregado.

Nem sequer duvidamos um instante.

Naquela mesma noite, Vitório e Silvana haveriam de se apresentar na "Espelho de Prata".

Estávamos decididos.

Bustos Casares trouxe, então, até eles, uma minuta de contrato.

Situamos as condições de pagamento e lhes pedimos os documentos de identidade para preenchermos a página fixando um acordo.

Vitório e Silvana miraram o papel com sustos nos olhos e se entreolharam buscando proteger-se.

No instante, pareceram-me que viam algemas e nada entendi do que se dava.

Só mais tarde é que alcancei compreendê-los.

Indispostos, não assinaram o contrato.

Apenas nos entregaram a guitarra que traziam.

– É só o que temos – foi o que nos disseram.

E quando lhes pedimos fotos para cartazes, novamente se negaram com os mesmos olhos medrosos, nos apontando a guitarra já em minhas mãos.

Outra vez insistiram:

– É só o que temos...

Claro que estranhamos, mas não havia por que descontentá-los.

Bustos Casares e eu entramos em acordo.

Sem nos recusarmos, assumimos os riscos daquele mistério. O que foi um grande acerto.

Por seis noites, mil e um tangos guitarreou o casal, dando-nos, também, alguma chacarera e um tanto de escondido.

Deveras, com eles, deixamos de ser o que éramos, mero embuste da Boca. E, noite após noite, Vitório e Silvana nos tornaram famosos.

Sumiam com o fim da madrugada, mas, no pé da tarde, antes de qualquer freguês, já estavam dispostos, na "Espelho de Prata", para outra apresentação.

Foi na sétima noite que se deu o que se deu.

Havíamos até proposto que descansassem, ainda que fosse um sábado.

Achávamos mesmo que assim mereciam. Porém, se negaram.

– É só o que temos – foi o que nos disseram e cedo, com o nascer da tarde, chegaram, para mais uma vez nos atender.

Maldição que nos pôs perdidos!

Logo no começo do espetáculo, quando Vitório e Silvana por suas loucas tentações guitarreavam o "Buenos Aires", de Joves e Romero, já arrebatando o público, vi entrar em nossa casa de tangos um jovem de porte aristocrático, bastante exibido com sua elegância.

Não custei a reconhecê-lo, embora fosse pouco comum a sua presença entre nós.

Tratava-se de Jorge Luis, moço dado a publicar estranhas histórias em jornais e mesmo em livros, filho único do advogado Dom Jorge Guillermo Borges.

De imediato, ele bem atentou sua escuta. E, mesmo de pé, fixando nossos cantantes com olhar implacável, pôs-se a escrever de modo brutal tal qual o destino, em uma página branca de papel pautado.

Vitório e Silvana, ao percebê-lo no salão, pareceram-me, sem dúvida, tomados de pavor.

Às pressas, deixaram a guitarra tombada no chão, fugindo rumo aos camarins.

Corri também para os bastidores, antes que se exaltasse o público.

Nos camarins, deparei-me com Bustos Casares assombrado.

– Desvaneceram! Desvaneceram! – foi o que me disse, repetindo mil vezes apenas isso, com os olhos parados num nada.

O velho José Fernández melhor me explicou o que se dera.

– Os dois cantantes! Os dois cantantes! Suas carnes se tornaram ar, feito palavras! Que nem palavras, se tornaram ar! – contou, não menos impressionado.

Vitório e Silvana haviam desaparecido assim.

Não mais...

Voltei correndo ao salão, a tempo de perceber o moço escritor indo embora.

Clamei por ele, certo de que tinha alguma responsabilidade em tudo o que havia acontecido.

Virou-se, sem tremor, mirando-me nos olhos.

– Não se espante. Estão de novo aqui, de onde jamais deveriam ter escapado – confirmou minhas suspeitas, exibindo o papel pautado, agora pleno manuscrito.

Nada satisfeito, procurei arrancar de suas mãos a página perversa. Seu escritor, porém, bem resistiu...

... e, na ânsia por retomar o que havia perdido, numa só vertigem vi-me contudo transportado, igualmente capturado para o mundo mais próprio de Vitório e Silvana, preso à resignação de ser personagem de um escriba.

Foi assim

Nunca me esqueço de certo fato surpreendente de minha juventude. Faz tempo, mais de quatro décadas e lembro bem.

Era uma tardinha de quinta-feira, seis de fevereiro, aniversário de nascimento do Padre Antônio Vieira, em semana encostada no carnaval daquele ano.

Recentemente, após terminar o curso colegial, deixara minha cidade natal no Espírito Santo. Morava agora no Rio de Janeiro, em apartamento de um amigo na subida do bairro de Santa Tereza, centro da cidade.

Tinha por compromisso matricular-me em algum cursinho de pré-vestibular de Medicina, conforme o gosto de meu pai, gosto distante de meu desejo. Situação incômoda para mim. Que fazer?

Ainda de férias, no Rio passei a frequentar a Livraria São José, famoso sebo situado na rua que lhe concedia o nome, entre a praça XV de Novembro e a avenida Rio Branco.

Era um grande salão com estantes em todas as paredes, cheio de mesas antigas, mesas e estantes repletas de livros usados, empoeirados e baratos.

Num canto, junto à escadinha que levava a um mezanino, ficava o balcão do caixa de cobrança das compras.

No mezanino, havia poltronas e mesinha com algumas garrafas térmicas de chá e café, mais tigelas cheias de biscoitos. Espaço nobre da livraria reservado a escritores conhecidos, habituais frequentadores da São José.

Ia sempre a esse sebo, não tanto para compras, mais para ver de longe esses escritores.

Atendendo à minha curiosidade juvenil, os observava. Nunca me aproximei de qualquer um deles, entretanto na

São José pude ver os mais destacados nomes da literatura brasileira contemporânea.

Na tal quinta-feira, seis de fevereiro, em meio à barulheira musical de um bloco festivo que tomara conta da rua adiantando o carnaval por acontecer no fim de semana, vi pela primeira vez a poetisa Cecília Meireles, o mais suave sorriso que a vida me concedeu encontrar. Entrara na São José acompanhada do escritor João Guimarães Rosa, que já vira antes, mais de uma vez.

Eis que no mesmo instante aproximou-se de mim um inesperado velhote negro de média estatura, cabelos e barba grisalhos, óculos sem hastes presos no nariz, roupa à moda antiga, tipo que me lembrou de alguém sem saber quem.

– O senhor tem pena? – inquiriu-me, trazendo ambíguo sorriso nos lábios, mais um instigante olhar de alguém do passado que interroga o futuro.

– Pena? De quê? – imaginei que se penalizava com a desarrumação dos livros empoeirados sobre as mesas de ofertas diante de nós.

– Pena para escrever, sim! – retrucou.

– Ah! Uma caneta? Tenho... – e de imediato passei ao velhote a minha esferográfica.

– Que pena estranha. Nunca vi igual – ele reagiu, surpreso. – De todo modo, se ela escreve, vou usá-la – e pôs-se a anotar palavras rápidas numa folha de papel quadriculado que tirara do bolso do paletó.

Sem demora, noutro papel, desta vez numa folha branca, passou a limpo o que antes escrevera.

Explicou-me então que, ao vir de bonde do bairro onde vivia, justa ideia lhe alcançara a memória.

– É o comecinho de um romance a propósito do ciúme, cupim que corrói a felicidade dos amantes. Quero escrever, porém, se não anoto o trecho repentinamente imaginado, esqueço – detalhou, ao devolver a esferográfica. – Qual a sua graça? – adiantou-se.

– Álvaro Leme... – nomeei-me assim, sem mais assuntar, com minha atenção voltada para Cecília Meireles no mezanino.

– Bom nome! Que o senhor guie com clara firmeza o leme de sua vida! Sou Joaquim Maria, seu criado! Grato pela pena! – sem dar-me as costas, afastou-se reverente alcançando a rua.

Logo revi, sobre um surrado volume do romance *Ressurreição*, de Leon Tolstoi, a folha de papel quadriculado onde o estranho tipo rascunhara o dito princípio de seu futuro romance.

Curioso, peguei o papel e nele li o que o velhote escrevera:

> Uma noite destas, vindo da cidade para o Engenho Novo, encontrei no trem da Central um rapaz aqui do bairro, que eu conheço de vista e de chapéu. Cumprimentou-me, sentou-se ao pé de mim, falou da lua e dos ministros, e acabou recitando-me versos. A viagem era curta, e os versos pode ser que não fossem inteiramente maus. Sucedeu, porém, que...

– Ora! Joaquim Maria! Joaquim Maria! Claro! Mas impossível! Não é possível... – exclamei comigo entre a perplexidade com o acontecido e o riso emocionado, após reconhecer o texto, decerto o primeiro parágrafo de *Dom Casmurro*.

Era só o que faltava... aparecer-me na São José o fantasma de Machado de Assis, diante de mim que não creio na existência de fantasmas, muito menos em fantasmas de vésperas do carnaval.

Rapidinho, deixei a livraria.

Fui ao encalço do brincalhão que me pregara a peça.

Sem encontrá-lo, retornei ao apartamento de meu amigo, confesso que um tanto atormentado.

Deveras o surpreendente fato daquele seis de fevereiro trouxe-me vida nova, precisa lição para minha existência.

Não prestei vestibular de Medicina.

Com clara firmeza, guiando o leme de minha vida, desde então me entreguei à procura do escritor que hoje sou.

Faz tempo!

Impresso na gráfica da
Pia Sociedade Filhas de São Paulo
Via Raposo Tavares, km 19,145
05577-300 - São Paulo, SP - Brasil - 2014